FRACTALES

Vincent Thierry

I0602914

Éditeur Patinet Thierri

Harmonia Universum
Harmonia Universum
La Création en Action   ®

Fractales

© 2020
PATINET THIERRI ERIC

Éditeur : © Patinet Thierri 2020

ISBN 978-2-87782-677-8

FRACTALES

De l'unité des Univers en leurs essors où chantent mille et un poèmes pour enfanter le Verbe qui les conçoit et les anime.

À Gérald Patinet †22/02/2020

I

Au Chant Vivant, dans l'espérance immaculée, aux passementeries drapées de vierges solstices, s'en viennent, de plus noble harmonie,
Les sérails de la Vie et de ses œuvres, où, passants, nous devenons, sommes et deviendrons dans la nuptialité exquise,
De l'Absolu et ses écrins, dans ce Verbe fascinant de la tendre éloquence de l'Amour souverain dont les rites sont pérennes demeures.

Des souffles de l'Océan aux mantisses sacrées, nous allons les alluvions, aux incarnations vivaces de flamboiements,
Délimitant, des pléiades, les fruits naguère que l'horizon enseigne de vertus comme d'honorifiques exigences,
Par la mesure et ses nacres opalines circonstanciées et nébuleuses, agençant les ferments des ivoires merveilleux et purs.

Vaste navigation éclose par les Îles sous le vent, où les prières de grand nom éblouissent les florales perceptions,
Dans des gerbes d'écumes hâlant de mâtures les épices expressives de couleurs, aux danses frénétiques,
Aux charmes impromptus, que les ascensions désignent parturitions d'une abnégation volontaire et sûre.

Élevant de festifs agencements, ici, là, plus loin, dans des fêtes enivrant les sens et la moiteur des chairs ourlées,
De doux propos comme de chaleureuses attentions, par les mannes dissipées des oasis précieuses et couronnées,
Revêtant des exhalaisons profondes pour honorer les cycles des temporalités comme des espaces souverains.

Vêtures de calices et d'ornements divins aux
effusions de joies et de serments, de piété et de
tendresse,
Acheminées dans le vertige des sens épousés,
livrant à la moisson leurs ébats chamarrés de
couleurs et de souffles,
Dont les fruits parlent les lendemains à vivre, par la
fenaison des aubades comme des hymnes incarnant
la beauté.

Sylve de règne aux passementeries de schistes
alanguis, aux nénuphars irisés destinant des eaux
limpides,
Aux carènes en partance vers les astres sereins et
leurs éventails prononcés, où les attraits sont
puissances,
D'une grandeur azurée, aux béatitudes en nombre,
où étincellent des rimes sans absence et des motets
de bénédictions.

Grimoires des œuvres hâlant, de leur puisatière
communion, les aubes propices et novices,
parfumées,
De ces senteurs de quartz et de saphir, illuminant
les citadelles ancestrales de ramées aux chrysalides
diurnes,
Assignant des ruptures aux anachronismes comme
aux dérives, dont les poussières sont de rêveries
adulées.

Gages de la prospérité ne se lassant de ses
aventures dans cette réalité où s'incarnent, avec
méthode, et frugalité,
Les auspices de la lumineuse action permettant
d'évincer les rires oublieux comme les verbes sans
raison,
Afin d'idéaliser, et les principes, et les ingénuités, de
la renommée, évaluant les précipices comme les
tourbillons en sa détermination.

De heaume les sillons, que les mousses bleuies
génèrent par les signes de l'histoire aux membranes
légères,
Ouatées de songes, aux portiques intenses,
alimentant l'union des croyances dans de diaphanes
opérations,
Où se lient et se relient les enchaînements les plus
singuliers, comme les plus espérés, par les sphères
émergées.

Dans le cil d'un répons, de gravures fidèles aux
marches de corail, au parterre de marbre, et aux
prédilections enseignées,
Où s'unissent les marques de nos atours, dans des
réflexions que les ondes répercutent par l'infini et
ses sortilèges,
Pour affiner le sort d'un Empire et de sa gloire,
levant son frais visage vers la couronne frontale de
l'éloquence affirmée.

Ouverture magistrale sur les fronts supérieurs de la
densité éclose, manifestant nos desseins dans des
clameurs nuptiales,
Devisant les turpitudes des antiques demeures, les
canevas féeriques des jours à venir, et les limbes
des regrets,
Aux fastes comme aux candides appartenances
développant, dans des onctuosités, des parterres
floraux divins.

De résidences frontalières, aux écumes d'herbes
sous le vent, transcendant les vertus et anoblissant
les domaines,
Où, expressives, nos armées se lèvent pour enrichir
les constantes d'une paix native par les sources les
plus fidèles,
Contant les mémoires ataviques des flux et reflux
des mimétismes sacralisés et de leurs ardeurs
composées.

En lice de sonneries d'algues en miroir, de conques
à genoux et de lourds tambours de bronze
entonnant un hymne,
D'empressements épithéliaux pour nos entreprises à
naître, à parfaire, et séduire dans des exondations
conséquentes,
Sur les grenats et les olivines en détour, les sentes
les plus douces comme les plus courageuses, aux
nidations excellées.

Sans calvaire des autorités comme des verbes insolents, marbrant des villes austères aux écussons sidérés,
Dans des cristallisations amènes, où les regards s'éploient pour porter à la nature profonde de lisses enfantements,
Dans des modalités nouvelles à voir, essaimer, et conduire, par les routes les plus nobles comme les plus humbles.

De rives en écho aux passants gradués de vêtures sacrées, ruisselant des gravures éphémères et suaves,
Des promesses de Temples élevés, au granit impérieux, assistant la viduité dans sa perfection et sa splendeur,
Dans cet état de grâce dont les coryphées enivrent les saisons comme les moyens dans des circonstances dévouées.

Où se mirent les messagères perceptions des alouettes respectueuses, des aigles manifestes aux plumages mordorés,
De ces oisillons diurnes aux regards s'encourageant, sans mystère, par les nappes de soleil et l'envergure des eaux,
Celles printanières aux émanations fertiles, et celles engendrées répondant à l'alcôve et ses semis de conjonctions mobiles.

Où les racines sont efflorescences de préhensions offertes et sublimes, aux appariements natifs et splendides,
Offrant à la Nature les chatoiements de l'instant, la préciosité et l'élégance d'une rêverie comme d'un songe exaltant,
Attisant par leurs irisations la compréhension de tout devenir des lacs embrasés et des fleuves hauts en couleurs safranées.

Désir de houles aux accès de leurs berges, aux halages riverains, que les portuaires dimensions contemplent,
Admettent, sourdent, devinent, puis règnent, afin d'anéantir les naufrages et leurs assentiments les plus grossiers,
Par les môles infinis, dardant dans une conviction plénière, les assauts fugaces des âmes oubliées et téméraires.

Les voyant fuir dans des lendemains novices, pour apprendre et assimiler encore ce qu'elles n'avaient reconnu,
Ce qu'elles avaient perdu, cette volonté, sans malléabilité ni contrainte, destinant le sort dans les accalmies,
Et non les contingences stériles, que dévoilent parfois les mystères communs dans des nuées inutiles.

Mystérieuses formalités des épanchements en leurs
orées, dont les orbes agrémentent les ramures
épervières,
Aux danses dissonantes, perturbant les cycles et
leurs fenaisons assoiffées et étranges, enrubannées
de certitude,
Conditionnées dans de vastes préambules, aux
alacrités éperdues, par les domaines les plus
singuliers.

Conférant d'arbitrales mesures que les fondations
résonnent de pourpres parchemins, d'antiennes
égarées,
Et de voix aux nombres sans rayonnement,
s'abritant derrière les sentiments les plus variés
comme les plus exclusifs,
Canalisant de sempiternelles dévotions aux lourds
nuages amoncelés, dérivant vers l'infortune et ses
grèves endormies.

Semis des ères et prononciations de vœux, les uns
de métal, argentés, les autres d'or, secondés, et la
plupart novices,
Croulant sous d'opportunes insertions, dans de
filandreuses énumérations d'orientations sévères et
délétères.
Où les mondes s'estompent, oisifs et sans renoms,
couverts d'opprobres et de malversations douteuses
et confinées.

Détenteurs de ces rimes ouvertes sur les tempes, frappant de leurs langues agiles des opiums singuliers,
Où se réfugient la lâcheté, ses prononciations hâtives et leurs écrins, se dissolvant dans des parures douteuses,
Nées d'un limon qui se surfait, se sursoit, s'idolâtre dans des perceptions irréelles, flagellant la réalité pour naître un sortilège.

Gravure des pénuries, des détournements les plus actifs, des tromperies les plus fâcheuses, des rimes sans essaims,
De ces grimoires qui enfantent la détresse, et couronnent la dysharmonie, dans les cœurs les plus armoriés,
Leur prétendant assaillant l'invisible dans les fastes de la nidation de souterraines allégeances aux rescrits déloyaux.

Lieux avides de constellations aux incarnations qui brillent des localités où des géométries invariables fondent l'abstraction,
L'enseignent, et, dans l'ivoire de leurs actes, consacrent les vestiges de temples, à démettre, dans une frénésie,
Dans une dérision, leurs instances ployant sous le mensonge, l'utopie, la grossièreté comme la perversion.

Abîme s'il en fut de plus délirant, dont les coordonnées éveillent la duplicité dans ses phares allusifs,
Abusifs de méandres s'octroyant, guerriers, des ambres sacrés, afin d'y naufrager dans le sérail de leurs croyances,
De leurs servitudes noctambules et fières de passementeries, déroutant les axes des Univers de leur fertilité.

Voyant d'agrumes le nid des stériles incantations monter vers des cieux, natifs d'errance autoritaire et convulsive,
Équivoque et sourde à toute voie, car incapable de se gréer dans le fruit du zénith et de ses aspirations conquérantes,
Levant des oriflammes pour parfaire le néant dans ses ablutions les plus courantes comme les plus désœuvrées.

Là, ici, plus loin, habitant les gravures aux blasons douteux, aux armes sans élégance, dans des moisissures torves,
Où les lieux sont les liens de tresses nocturnes, embrasant de leurs lacis les brumes du matin et les vapeurs du soir,
De langueurs habituelles, que les sens circonscrivent, dans le vide et ses métaux ignés, par une rupture spontanée.

Vaste préambule de mage éloquence, permettant de saturer les stipulations de nos voilures achevées et sériées,
Délivrant dans l'espace leurs cargaisons de nuées pour s'emparer des opiacés afin d'en atténuer les vertiges décimés,
Les correspondances oiseuses et leurs profits timorés, où gémissent les arcanes impuissants de personnages douteux.

Livre à moisson voltigeant, de pages en pages, les effeuillements des rêves et des songes, que des phares reluisent,
Rayonnent, épuisent, façonnent, avant que de disparaître dans les limbes épousés d'astrales géométries,
Natives de ces errances, dont on voit les profusions par les mythes sans mesures, les orées aux noirceurs ténébreuses.

D'où le lys et l'acanthe s'évadent par les ersatz de poussières pénétrés de cristallisations de lumières éployées,
Tressant des ornements de bonheur comme de conquête majestueuse sur les plaines lagunaires où se tait le chant,
Pour le fortifier, non dans la putréfaction, mais l'ouvrir à la plénitude d'une construction sereine et merveilleuse comme salutaire.

Épanchement des oasis aux safrans mordorés,
épuisant les sèves anachorètes que diffusent les
âges éveillés,
Dans des prouesses aux conjurations vénielles, aux
armoiries scintillantes de la rosée des pluies de
l'aurore,
Et de ses virtuosités spontanées, dissonant les
bruissements comme les palpitations égarées pour
les forger mâture.

Prestance dans le feu des royaumes les plus
lointains, dans ces éclisses des temples d'ambroisie
et de jaspe,
Là, par les frugalités marbrières, les temporalités
diluviennes et leurs essors grandioses, où des
hauteurs natives,
Surplombent les déserts les plus éthérés d'alluvions
sans fins, pour semer des joies et des hardiesses
aux talents condensés.

Aux marnes des rivières, aux fronts héroïques des
perceptions nouvelles à voir, dans l'ivoire des
saisons sacralisées,
Voyant des astres les étincelles sans confusion se
vivifiant sans jamais ne se ressasser, car bien plus
nobles,
S'épanchant par la volonté de la princière devise de
l'unité propice, germant des adulations novices de
thèmes vivifiés.

Laves de la fécondité des hymnes résonnant dans
les féeries des brouillards matinaux, menant les
sensations de l'écume,
À la puisatière escorte des aréopages et de leurs
chariots de feu, où se prononcent les embellies
comme les respires,
D'exhalaisons aux principes ardents, désignant de
clairvoyances les prononciations comme les
engagements d'Univers accomplis.

Sans outrage, dans une danse de nervures sans ignorance, élevant leurs citadelles aux falaises de téguments invincibles,
Ouvrant sur des horizons distincts et appropriés, des réflexes souverains délaissant les boues archaïques,
Pour hisser dans le parfum des jours nouveaux les phrases du Levant, dans des cérémonials où les fastes se prononcent.

Candeur des épopées qui viennent, se destinent, s'orientent et se couvent, là, ici, plus loin, dans les enfantements,
D'une naissance d'opale, assumant les caprices des envergures demeurées, pour les finaliser dans une ouverture sanctifiée,
Menant vers ces légères et ouatées ramures des fenaisons aux parfums sauvages ou tendres, par les règnes.

Venues des stances aux roseraies ferventes, par les myriades colorées, dont les efflorescences sont des libelles,
De sèves, de flores adventices et de contemplations votives, d'où s'élève la rosée, vers les hémisphères, dans des farandoles,
Les unes de moiteurs consumées, les autres de vivacités exquises par les temples aux frontispices alanguis.

Prouesses de la portée des règnes s'orientant vers des finalités exhaustives, délaçant leurs agencements,
Pour offrir à la somptuosité des fortifications aux venelles azurées, aux séductions précoces de festifs horizons,
Semant de féeries les exactes ascensions qui meuvent l'espèce, dans des émaux libérant des ondes épervières.

Fidèles incarnations aux aspects tardifs canalisant les raisons, parfois dans le silence, parfois par la voix d'un orphéon cristallin,
Où répondent, de volatiles enfantés, de liesses en liesses, des commensaux intrépides vaquant les fruits de l'éternité,
Ses villes en feuillages et ses herbages en pâmoisons, toutes rives en leur essor épousant des éminences encensées.

Présage par les concaténations éblouies où s'excavent les parousies de leurs limons outrés et belliqueux,
Itinérant des senteurs odorantes aux effluves se répandant dans des harmonies majestueuses et radieuses,
Attrayant, des signes dans la nue, la profondeur des cycles sous le vent, aux fruits invincibles de natures fertiles.

Hâlant de l'horizon les exondations des sylves par des clauses sereines, à l'interprétation fidèle, nouvelle et fière,
Hissant les cités et leurs refuges aux dimensions recevant, les sublimes échos des degrés d'une appartenance,
Acclamant les sonorités exondées parcourant les paysages d'écumes libérées, dans des déploiements gracieux.

Vastes frondaisons de lys parfum aux organdis magnifiques, où les guirlandes de feu, sans soupçon, s'évanouissent,
Se raniment, se perdent et de nouveau s'unissent dans une féerie que les actes délibèrent novation des heures,
Sagacité de temporelles avancées, ne se déliant de leur promesse dans cette aventure au Chœur manifesté.

Irisant, de la fécondité des orbes, la mesure des instants, dans des frénésies actives délivrant des marais inutiles,
De leurs miasmes grotesques comme de leurs caricatures simiesques, toutes sans lendemain devant l'efficience,
De la lumière, évertuant dans ses papillotements les flux de la destinée et de leurs œuvres à naître et perdurer.

Conviction des Sages aux pures oasis de la plénitude, orientant les sacres et admonestant les calvaires aux précipices,
Dans de grands mouvements saturant le chiendent et ses houles vivipares, dans de hauts faits tempérant le vide,
Pour lui désigner, comme tremplin, les eaux vives et leurs firmaments, ne se contentant de l'aven pour miroir et formalité.

Clameur des algues aux romances éperdues par les dolines les plus denses, revenant à la Vie aux surfaces éblouies,
Hâtant nos nefs vers les ports des îles ensoleillées, où se tiennent les forces endogènes manifestant la clarté indivise,
Celle de l'énergie familière ne se desservant dans de multiples affronts, mais bien au contraire se coordonnant pour officier.

Prémisse des œuvres infinies relevant le défi de la
Vie pour en proclamer les messages triomphants
par les plaines et les crêtes,
Les fleuves aussi, sans plaintes et sans naufrages,
coordonnant les mêlées des bronzes parfums de
roseraies fastueuses,
Pour, d'une blondeur safranée, élever la temporalité
à ses sommets les plus vertueux, les plus féconds
comme les plus nobles.

Visitant les bruines des corrélatives insistances,
permettant d'en naître les permanences dans des
adages sereins,
Délivrant des moires conjonctions, que les mannes
ne sursoient pour s'offrir à la matière brute, sans
aquilon de lendemain,
Dans une marche austère et frugale, où les frivolités
n'existent que pour complaire au néant et ses fastes
mélopées.

Sursis des ramures, aux pliures membrées de
vastes augures, attisant la promesse d'un séjour
nettement plus vif,
Autrement plus ordonné, celui sans mystère
dominant les fruits mauvais des gouffres, pour les
réduire à la simple expression,
Les élever vers les mantisses de la pluralité exonde,
ne se servant de parchemin pour polir ses
assiduités.

Mais à l'opposé, sevrée, délibérant des actes de filiale envergure, promeut la Voie et son arbitrale stipulation,
Majeure dans les entrelacs des parfums adressés, dessinant par les eaux vertueuses les monumentales analogies du verbe,
Dont les temples émerveillent et poudroient les jalons de l'imaginaire comme de la raison, de leurs sentences déclarées.

Vestales de la pluviosité sacrée, où les firmaments sont les facettes des agates en nombre par les terres enseignées,
Enivrant d'effluves les baumes de la cristallisation ne dépérissant sous les forces, mais se dressant pour affirmer,
Et leur motivation et leur appariement dans des gerbes de corail où dansent les sirènes de la grâce et de la fécondité.

Natale innocence de rêveries ouatées, aux épanchements destinant, par les vagues avisées, des souffles d'or,
De puisatières perfections, celles qui s'alimentent de la foi comme de la vertu, dans des chorégraphies majestueuses,
Impliquées et suaves, aux natures élémentaires, gravissant les marches de la splendeur pour en inviter les stances.

Par toutes venelles des frissons communs, par toutes routes sans désœuvrement, s'ordonnant dans la rumeur,
Évertuant ses principes dans des coordonnées que chacun peut prendre pour sillon afin d'en satisfaire la saison,
Et ainsi s'ouvrir aux latitudes émerveillées, propitiatoires et avenantes, délibérant l'harmonieuse destinée inlassable.

Toujours opérant, par-delà les mythes et les sources enchaînées, la rupture des varechs en souci, des respires oubliés,

Des contraintes aux abysses implacables, car trouvant racine en l'émulation de la densité féconde de la rémanence,

Celle de l'éternité vaquant, par les myriades, ses apprentissages et ses féeries, dans des navigations magnifiées.

Répons de l'austérité et de ses géhennes, de ses frénésies comme de ses démonstrations vides, ne se statuant qu'effeuillées,

Sans devenir devant cette jeunesse vivace et fortifiée s'élevant vers les arches pour prononcer la réalisation de sa viduité,

La catalyse de sa désinence et de ses vagues tutélaires, embrasant le sérail du Vivant d'une forge intime et profitable.

Vertige des songes, aux coruscants multiples, établissant aux fontaines de jouvence les marbres altiers,
Conquérants, suaves et vertigineux, sublimant par les règnes les caducées de vertes prairies où moissonnent les vivants,
Pour nourrir les princières expérimentations, leurs détails, leurs voussures admirables aux flamboiements distincts.

Œuvre des signes par les temps, qui dressent leurs fanions sur toutes tours crénelées, offrant aux coupoles le puzzle messager,
Des ordonnances conviviales de la nature, sans démission, se délivrant dans de douces grappes d'ivoire,
De gemmes et de lys, dont les fronts sont le miel des aurores et la suavité des zéniths cultivés par un soleil de feu.

Matrice de l'ébahissement des fleuves en parcours où s'ensorcellent les glaïeuls, les nautonières existences,
Parsemant les souffles des alizés précoces, permettant d'aller vers de portuaires détentes par les îles des moiteurs,
Aux isthmes louangés, aux roches douces et perméables de rires de fenaison, et de sourires aux soupirs admirés.

Constante des sillons, des agrumes et des blés mûrs, des conditions menant vers le large l'attitude fière sans pondération,
Exaltant les départs vers ces novations qui prennent l'esprit et le conduisent vers la découverte de toute viduité,
Dans une permanence induite, aux reflets de schistes et d'olivines, dont les éclats sont principes d'un partage souverain.

Incantation des flores par les orées pénétrables des forêts de mousses et de lièges, par les frondaisons augustes,
Où se mêlent les refrains d'oiseaux les plus purs, les plus vifs comme les plus égayés par la nouvelle de ce jour élancé,
Hâlant de ses vêtures les sources chamarrées de désir et de plaisir, relevant de la consécration de l'harmonie vitale.

Rayonnant ses extatiques langueurs dans des sonorités accessoires, où les échos se répercutent dans les flots,
Naissant des ondes parfumées, des cycles, aux florilèges les plus nobles comme les plus humbles, par les sols éveillés,
Tendant sur l'Olympe les parures de la frénésie des temples en semis, dans des prières votives, que les contes déploient.

Pour offrir aux talismans des alchimiques prestances le cœur sacral de la vertu des mondes et de sa gloire,
Martelant, après les hivernales prestances, l'été dont la sérénité culmine les labeurs et les couronnements opalins,
Preste de mille féeries par les fucus en séjour, sans détour des sylves éparpillées aux fêtes de rives triomphantes.

Mémoire des calices et des frênes tendus vers l'arborescence et ses écrins, où se situent les villes amazones,
Les fiefs des ondines, et les seuils des tendres élancements qui palpitent dans les alluvions des cœurs amoureux,
Et des chairs frissonnantes, et des esprits où la parole ne s'afflige, mais, antinomique, rayonne leur densité exquise.

Haute vague par les plages de sable mordoré, par les aquilons régnants, par toute cette divinité de la parure éclose,
Dont nous venons correspondre les pluviosités d'un sacre, celui de la Vie dans ses phosphorescences les plus lumineuses,
Hâtant la virginité des cils aux volontés dessinant dans l'éther, les presciences des devenirs dans la majesté de la raison.

Où le cœur palpite des élancements singuliers,
devinant les extases des principes surannés et des
rêveries profanes,
Dans des insistances régulant les frémissements et
leurs candides causalités, ruisselant aux
firmaments,
Des laves de feu et des rus de plénitude, enchantées
par les nefs aux tresses éphémères et aux
orientations sublimes et parfumées.

Villes d'espace sans trouble, aux parterres fleuris de
casuelles prestances sevrant les phares de leurs
ondes sacrées,
Pour brandir, dans le sillon des fluviales
occurrences, les éventails des pouvoirs et de leurs
formalisations assignées,
Formidables et sans errances, levant les pavois des
soieries de la nue dans de conséquentes densités
alliées.

Mémoires des goémons d'ocre et d'airain aux
prunelles en éveil, et de serments navigués portant
vers les songes du bonheur,
Aux terres astrales, où les pépiements sont de
loisibles prononciations, que les grimoires effeuillent
de sève,
Hâlant, de labyrinthes en labyrinthes, les ardeurs
d'un séjour et la promesse éclose d'un rayonnement
souverain.

Sans souffrance aux exondations manifestant l'autorité du Verbe et de ses frissons, dans une consolidation,
Calme et docte, relevant dans les regards les fruits de la conquête et la prestance d'un espace où mûrie la définition vivante,
Ses altruismes, ses compassions, ses vierges ambitions, soulevant les abîmes vers les cimes sans abandon ni promesse.

Vertige des jours et des nuits devant les oriflammes tressant leurs harmonieuses circonvolutions par les summums embrasés,
Où ruisselle le ferment de tout devenir dans une antienne ennoblie ne s'égarant dans les méandres que pour mieux appréhender,
Dans des effluves soudains, des sylves s'emparant de la pérenne demeure, afin d'en attraire l'agrément et la splendeur.

Native des essors les plus singuliers, les plus épurées comme les plus navigués, où s'ébroue l'Oiseau Lyre,
Dans un empressement soudain, irisant les latitudes des vastes Océans de jade, que les complaintes éternisent,
Dans un rythme au mimétisme parfait, s'accordant au parcours de la Vie dans de rudimentaires consécrations.

Celles sans refuge abordant les marches d'une épopée se voulant lointaine, si près qu'elle enfante sans chagrin,
Les ciselures des navires enseignes, que les nautoniers précipitent aux arcanes, dans des flux sans despotisme,
Dans une mêlée joyeuse, où se coalisent les félicités, les plaisirs et les désirs des danses à midi de faunes émerveillés.

Semence des ailes des Aigles par la romance, aux messages hardis et aux envolées de règnes sous la nue consacrée,
Comme des respires d'équilibre, allant en farandole la naissance des écumes de visions lumineuses et nouvelles,
Creusant aux terres les détroits et les routes maritimes, hâtant le paysage vers ses incarnations mobiles.

Dans un jaillissement solaire perçant la brume et ses moiteurs diluviennes, enseignant les desseins de l'immensité,
Ses immaculées longitudes permettant de gréer, et l'enseignement et la maturité, dans un hymne ne se perdant,
Mais, novation, étreignant la destinée dans tout ce qu'elle a de manifestée, celle de l'évolutive conscience incarnée.

Vêture des fresques dont les mondes parlent à voix basse ou bien claironnent lorsque leurs portées sont divinisées,
Aux fractals enseignements, par les marches des palais où se tiennent les réunions des principes et des lois,
Des écrins les plus austères comme des illuminations les plus intrépides, couronnant une détermination.

Horizon des âges marbrés et veinés par la fidélité exhaustive, partageant ses secrets dans des livrées collatérales,
Où se ressourcent les sagesses antiques, les prémonitions du jour et les incantations thuriféraires,
Émondées des glacis de l'interprétation, car leur simplicité est par la compréhension de tous, leur mobile, applaudi.

Ses modules délaissant la fiction et le langage sans équilibre dans les lagunes, où l'ivoire lui-même ne se prédestine,
Tant de périples les rapines en demeures de ses arcs dont la parole ne se consacre messagère mais féale,
De digressions anonymes, de pantelantes exécutions amorphes et sauvages, aux rimes effeuillées.

Toutes voilures prostrées devant la réalité baignant leurs noirceurs d'une lumière implacable aux tourbillons purs,
Et des éléments de la glose, et des mystères de leurs enfantements, pour les surseoir de la déraison et de ses aventures,
Toutes figées devant les monacales instances ne se précipitant dans leurs rimes mais en adressant les intrigues majeures.

Balbutiées devant l'inquisition sublime menant l'écume vers sa régénération, noyant les putrides déliquescences,
Les dissonances et leurs organdis épars se lamentant de leur souffle pour faire accroire encore à leur élévation,
Alors qu'elles en sont la prostration, car réceptacles des émoluments les plus dispendieux, comme les plus téméraires.

Livres de successions impossibles de fortunes éphémères et de richesses à vivre, monopolisant dans la tourmente le vivant,
Pour l'éclore dans cette forme définitive de l'abstraction, bâtissant dans l'esclavagisme forcené et crapuleux,
Le dessein des ramures de ces temps, noyés sous leurs pleurs, alourdi par leurs temples infects où croupit le venin.

Ce poison de l'intime conviction axée sur le néant, dont les fanges comblent les incapacités, tels les bâtons des pèlerins,
Voyant leurs signes hagards, aux fétides langueurs, aux menstrues en demeures, et dans l'arrogance conviée par leur démérite,
Dont les assauts pénétrés ruissellent l'infini de situations malmenant les essors de l'humaine prestance.

Égarée en leurs insignes labiaux se réconfortant dans l'aven, pour en extraire les bestiales dysharmonies,
Ces labours incertains et frivoles, aux effleurements enfantant la détresse, dans des cris aux orgies de bassesses,
De troupeaux en déshérence, aux outrages prononcés, de valets insipides et renommés, aux coturnes crottées et infectes.

Tous dans l'égarement et ses symphonies criardes, se mesurant dans leur temple, où végète le vol, le dol ourdi,
La jouissance de l'incomplétude et de ses roturières contemplations, insatiables, où les scrofules s'inventent un martyr,
Dans de grands mouvements, les uns les autres engraissés par ce néant qui vrille l'avenir des univers dans la désintégration.

Veulerie de mondes surannés égouttant leur prurit dans de nauséeuses satisfactions, se décorant et se congratulant,
Dans de simiesques contorsions, aux plis et replis de pestilences de rubans comme de chartes enseignées,
Aux gravures perfides, suant l'hypocrite langueur des âmes abusées, des esprits anémiés et des corps recroquevillés.

Où le paraître est prestige de l'éloquence, densité de l'envergure des anathèmes les plus glauques s'imaginant reliques,
Vautré dans le stupre, dans la déliquescence, dans ces voiries nauséeuses, où les rats dévorent leurs petits,
Pour engraisser leur litanie de proscrits, de viaducs insensés, aux dégénérescences consanguines et vivipares.

Larves amènes de torpeurs bancales, aux limons croupis, déférant les plus habiles comme les plus prompts,
Dans une sinécure bovine, où se rassasie l'impermanence, la caducité, l'hypertrophie de la débile alliance,
Couronnant ses excès, ses termes et ses pompes dans des adulations dithyrambes menant au grotesque parfumé.

Danse de rives aphones, où croupissent les déjections des univers, dont les rejets s'inventent des latrines,
Par l'intermédiaire de peuples enchaînés, de dociles chiens de guerre aux parures monstrueuses, tueurs à peine déguisés,
Se lamentant de leur sursis pour obtenir la manne des rejetons de la dysharmonie, comptant leurs avoirs usurpés.

Clameurs de sources infécondes, voyant charriées dans les précipices les inimaginables scories de fondements gluants,
S'ébrouant et se rassurant, dans des torticolis visqueux que la cendre cristallise afin d'offrir au néant, leurs gerbes,
Leurs faciès, leurs densités nécrosées, qui sont rires désincarnés de profils avides et destinés à la déchéance purificatrice.

Condescendante encore dans le reflet des miroirs voyant leurs visages nourris par l'avortement se masquer de rides,
De vergetures, de ces parchemins que la vie enseigne dans l'ère qui se prononce, qui ne peuvent s'honorer,
Les trublions de la destruction, cherchant jusque dans le sang des vivants leur nourriture pour persister.

Horreur des sites de passages, lavés par le feu ne se lassant de destituer l'ignominie de leurs carcans, de leurs sentes putréfiées,
De leurs ondes malsaines, se répercutant à l'infini comme pour mieux témoigner de leur trivialité engendrée,
Force d'un rictus se noyant dans le vomitoire fétide des engrangements frauduleux, des suprématies menant à la destitution de toute valeur.

Dans un brouet de faisanderies associées, voyant les pieds en équerre toute une porcherie de nains assoiffés,
Toute une vilenie aux sabots argentés musardant leur origine absconse et percluse de déshonneur labial,
Fondant des bastides sans abord, des ouvrages sans limites, ne menant que vers le néant et son incantation.

Origine de maîtresse admonestation, venant des sommets, ne pouvant plus supporter la main mise du vivant,
Par les crimes de leurs bandes organisées de crotales dantesques, aux vicieuses certitudes, exhalant un serment de nuit,
Devant aux frondaisons disparaître à jamais, afin que se lève un soleil épuré de leur tragique dissonance écumée.

II

Fête de toute réalité en assomption, où nous irons, écumes d'océans fastueux, par les rives de la vénusté et les flamboyances de la splendeur,
Dans l'entente parfaite des rêves, comme des songes, gravitants la perception ineffable de la pure désinence de l'Éternité,
Là où, dans un accueil mémorable, œuvrera l'étincelant rivage duquel nous fûmes naissance immortelle.

Préambule des sacres à venir aux organdis relevant les fronts purs des messagères partitions, dont s'avive notre ballade,
Dans de florales demeures, par les monts olympiens où se tiennent les Sages, leur silence comme leur voix de sépale,
Courant vers l'horizon pour en advenir les perles de corail, la soif sans sommeil et la munificence dans ses élémentaires viduités.

Œuvre au zénith sous les caresses fluviales parlant de rives anachorètes et de vertus nuptiales, de lustres courtisées,
Et de ces vives arborescences où les firmaments s'inscrivent pour naître la gloire d'un présent magnifié,
Édifiant, de ses ramures, les hautes cités sous le vent, les fontaines de jouvence, et les chastes auspices de tendres élans.

Dans des attitudes songeuses, où l'équinoxe ne se correspond, laissant place à la solsticiale devise de l'écume,
Dans le déploiement étayé des vestiges d'hier et par la nomenclature de demain, inclinant les irisations à se parfaire,
S'enchanter et se proposer pour définir la plénitude et ses parturitions nobles et majestueuses, dans le sens de toute gravité.

Non la gravité de l'inconséquence et de ses dissipations, mais la gravité d'une authenticité se renouvelant,
Après l'abysse et ses caveaux aux courses émondées qui furent, des affres, les vertiges et les semences sans naissance,
Là où le souffre se tait, où la nuit fauve se dissipe, là où la lumière transite par les méandres les plus obturés.

Afin d'expérimenter la scène du vivant et de ses fatalités, de ses exigences sauvages ou éblouies, dans des arc-en-ciels somptueux,
Dont les préludes sont des passions, où les demeures vont, de la sagesse, les évanescences dévoilées,
Ne déformant les paysages de langoureuses dévotions comme de frivoles abnégations, afin de vivre la raison.

Libre moisson des forces en présence, des unités domaniales aux propices maturations se devinant sous l'écorce,
Dans ce fluide de toute audacieuse énergie, ne se concaténant que pour œuvrer à la félicité comme à ses ascensions,
Dans des volutes ne se fracassant, ne s'outrageant, ne se défigurant devant les Univers, regardant naître en leur sein le vivant.

Un vivant de faste et non de misérable formalité, un vivant s'élevant vers la gravure de ses mondes déployés,
Attendant la mesure de l'inscription d'un rite par leurs voûtes stellaires, vêtues de floralies de précieuses corrélations,
Déterminant aux vagues profondes les muscs des effluves les plus joyeux comme les plus prompts, pour en styliser les sillons.

Par une Voie contée, veillée par les souffles des
œuvres des temps antiques comme des temps à
venir,
Dans les jeux sereins de postures conscientes, ne se
contemplant mais agissant la formalisation de la
prodigalité,
Et de l'étrave, et de la mâture, au regard vif,
advenant par cette mesure l'emprise de la nature et
de ses embellies.

Navigation suave que la parole, sans absence,
dessine et destine à des nombres impalpables par le
premier chenal,
Découverts au-delà des nuageuses perceptions,
dans de solaires citadelles où fleurissent,
marbrières, la transparence,
Et l'élégance d'une rive, et la désinence d'un langage
amenant à la pérenne volonté éclose de la
transcendance formalisée.

Vêtures de l'été propice aux parchemins de vignes
safranées et au cœur des prairies diluviennes de feu
cosmique,
S'incarnent ces lieux sous les égides de la quiétude
et les argentées dénominations de l'appartenance et
de ses organdis,
Novations sous les astres qui perdurent les
moments du vivant dans des fêtes de jouvence, où
s'expose la vertu.

Il y a là le miel de la saison aux airelles de pures
volitions, prononçant aux algues brunes les refuges
souverains,
Les ramures souterraines et les fleuves aux
scintillantes corolles, dont les rives s'emparent de
fenaison,
Dans d'ivres joies, aux élancements graduels,
composant, par les sylves, les plus vastes farandoles
de la beauté.

Exquise devise de nos chevaleries, fortifiant leur
règne de nuptiales désinences, aux voies suprêmes
d'écumes,
Par les orbes fougueux et saillants la pérennité des
œuvres à midi, innervant, dans les prieurés, des
souffles s'épandant,
Martelant, de leurs divines architectonies, des
règnes correspondants, et leurs embrasements
novices et fertiles.

Sans a priori des termes que l'aventure semence dans des étreintes, aux écrins de purs délices fécondés,
Développant aux demeures des nefs visitées, des alcôves aux remparts de schiste et de jade, de marbre et d'or mystérieux,
Où se love l'infini dans sa méticulosité et ses attraits magiques, que les êtres de ce temps convoitent de destinée opaline.

Nature de l'ornementation et de ses rêves éparpillant, dans des suavités joyeuses, des passementeries d'origines acclimatées,
Où les nuageuses préhensions s'estompent pour laisser place à l'énergie splendide du grenat natif, délivrant ses stances,
Dans des échos houleux, aux jaillissements mobiles, abreuvant les bastides pour les naître à la multiplicité renouvelée.

Participant à l'autorité de la mémoire, aux matricielles élévations, se concordant dans des levants de sagesse éclose,
Pour ranimer les désirs à l'unité primordiale, élevant par les voûtes les desseins d'une entreprise nouvelle à voir,
À vivre et à essaimer, dans de grands airs, desquels les consonances s'élèvent, imperturbables, jusqu'aux cieux délivrés.

Pour annoncer la prospérité d'une œuvre dans ses limons comme ses rus les plus désuets et les plus figurés,
Là, ici, plus loin, par des portées sublimes parlant des horizons de natives éloquences, aux verbes de densités exquises,
Où des chœurs s'élèvent vers les infinitudes, pour en prononcer la viduité et la lueur par des tourbillons prononcés.

Culminant des temporalités, évacuant les scories des limbes aux agencements bruyants se détournant de la valeur,
Comme de la vigueur, pour se délimiter dans des révolutions sans fins ne menant qu'à la désertification,
À cette parure silencieuse émondant les vitalités afin de les réduire dans la poussière et ses houles assistées.

Devises sans avenir devant le flot de la jouvence, élançant ses incarnations dans de glorieux chevauchements,
Hâlant de prestigieuses unités décimant les gravures oublieuses, leurs serments lamentés et leurs onyx dévoyés,
Pour, d'une lumineuse conception, engendrer la splendeur de constellations novatrices et magnifiées.

Primitive essence des orbes sous le vent, aux matures irisées, menant des combats épiques sur le large ébloui,
Nos équipages œuvrant leurs corrélations divines et exemplaires, dont l'onde majestueuse est miroir de l'Olympe,
Et de ses chrysalides de nombre satisfait, dépêchant les nocturnes désinences, que des vœux parfondent dans l'abstraction,

Épopées de temporelles injonctions, éclairant les faces de la luminosité spatiale au cœur même des tempêtes,
Dans le cil lui-même s'ouvrant à la plénitude pour en proclamer la sollicitude, la tempérance, et la suave gravité,
Marbrant par les isthmes les routes à prendre, les sillons à pénétrer, les sources à féconder, dans une prestance courtisée.

Monarque densité de préciosités célébrées par les rites, les prières en abondance, et par les nefs en semis,
D'ambre et de quartz, de schiste et d'or, dont les enluminures nous parlent de rives amoureuses aux carènes manifestées,
Devant la candeur de l'absolu dimensionnel, où les saisons évertuent des finalités exhaustives, ouvrant sur l'Éternité.

Varechs de cristaux ondulants leurs poupes armoriées, dessinant sur les eaux leurs épanchements émaciés,
Que les tresses destinent à l'envie, sous les vents natifs, aux périls accumulés soufflant sur les routes de l'horizon,
Non des promesses, mais des initiatives sereines, développant la propriété de la destinée par les principes de la Voie renouvelée.

Sans affliction, et sans doute, sans frénésie ni inachèvement, par les prairies blondes et les forêts d'émeraude,
Les talismans, fiers et dressés dans la lumière, armant leurs délices pour instaurer la joie dans leurs cœurs merveilleux,
Aux épistolaires gravures, distinguant leurs sites parfumés de courses s'alimentant de sources épousées.

Livres de fêtes et de turbulences, aux gréements des rives de feux dévorants, cumulant les charges et les cargaisons,
Dans des élans gracieux où la tourmente disparaît, afin de faire place à l'égale densité menant vers les pluviosités nacrées,
De sèves authentifiées, aux jaillissements propices, assortis de prompts desseins s'ouvrant sur les règnes ordonnancés.

Destinant aux éloquences partagées, sans limite, des verbes, où les emphases ne s'inscrivent conciliabules ou phrases,
Mais récits aux méditatives jouvences comme aux exploits héroïques, dont les termes ébauchent toutes gravures édifiées,
Aux creusets des vallons encaissés par les castels, alizés écoutés, dont l'écho impérial répercute la volonté comprise.

Définissant, par-delà les volutes et les embrasements idéalisés, les courbes de la vivace modalité se mesurant à l'aube du savoir,
Dans une visitation exacte ne se délaissant par les amertumes, les ivoires brisés, les épées anémiées et assombries,
Mais, levant de l'espoir, se manifestant dans la viduité la plus profonde comme la plus épanouie par les terres engrangées.

Ramifiées de plénitude, perlant la nacre des sourires de l'enfance, les manifestations divines de la maternité,
Et la pure ovation des mâles assurances, sevrées les unes les autres par la témérité et son déploiement par toutes faces,
Dans un levain fidèle, où le souci n'est du moi mais bien du soi l'auguste nécessité ne se broyant dans les séismes inféodés.

Triade de la vertu des âges comme de la régénérescence dans ses intrigues les plus fidèles et les plus douces,
Marquant de vagues de ravissement les conjonctions œuvrant au bien commun comme à l'accomplissement,
Dans des ramures que les racines intactes coordonnent dans un essor de passementeries comme de floralies.

Par les terres engrangées, par les prairies et les vallons aux fruits fleuris, par les monts sauvages et les fleuves ardents,
Dans un souffle prairial allaitant les espoirs se manifestant par la noble densité de l'appropriation des règnes,
Conjoignant les hymnes temporels, où les volutes s'enlacent de fenaisons et de moissons aux origines somptueuses.

Mémoires séculaires, aux prestances distinctes, s'harmonisant, sans retraits, par la conquête volontaire,
Par l'esprit de toute solidaire définition permettant, par ses éléments les plus sains, des répons sublimes,
Dérivant les défections des pâleurs, et coordonnant leurs flux pour y naître des ondes exaltantes et partagées.

Superbes novations de calices en portée, de temples assouvis, où verdissent les herbes aux fluviales arborescences,
Dans un mimétisme concerté, dévoilant, des lois et des coutumes, les offices salutaires dissipant les nocturnes errances,
Dans un levant de firmament, où les étoiles flavescentes se mirent dans de gracieuses circonvolutions d'énergies instruites.

Telluriques moirages de puretés individuelles sacrant, par le vertige opalin, les éléments se gréant dans la capacité,
Aux fins d'ordonner les réseaux civilisateurs permettant la naissance et la croissance des empires,
Aux pluviosités nacrées, aux sérails adventices de toute manifestation, tant de la contemplation que de la création.

Motifs amènes de métropoles, où les effluves se rencontrent, s'abritent, et sans cesse se régénèrent dans une dévotion,
Ne devant rien aux suffrages, mais tout à la nécessité signifiant l'épopée, en une définition générée se manifestant,
Dans la clarté, la responsabilité, dénommant des rives parfaites, exondées et suaves labourant les rêves dissipés.

Dans une œuvre de miel et de sève soustraits, tramant les ruptures comme les abandons des rives amorphes,
Des routes sans finalités, et des avens où se noient les plus belles sources avant de renaître à l'écume de la pérennité,
De ses danses aux thématiques manœuvrant les vagues les plus hautes des Océans, se délivrant de leur dessein.

Dans une générosité situant, des verbes, les
noumènes comme les pouvoirs de réalisation de
l'élément ultime,
Considérant de la sphère les mânes essentiels
dessinant, au-delà des cocons, les fruits divins de
l'empyrée,
Dans une monade sans trouble, ne se lovant ni ne
se pressant, toujours garantissant dans la
puissance le souci de l'épanouissement sacral.

Clameur sans repos aux soleils enfantés, aux terres
germées, aux alluvions précieux initiant des essaims
éblouissants,
Aux gravures d'ordonnancements naturants les
aménagements conséquents permettant d'éclore le
vivant,
Le maintenir, et lui permettre d'évoluer, quelles que
soient les circonstances adverses, qu'elles soient du
néant ou naturelles.

La vertu de l'origine terrassant leurs nuageuses perceptions, leurs incomplètes participations, leurs dominations désœuvrées,
Toutes ces inhibitions se perdant dans les labyrinthes de la nuit pour atteindre le néant stipendié,
Allusif et impertinent, voulant corrompre les sérails de ses inharmonies glauques et stériles, visqueuses et délétères.

Alors que dans les cieux brillent les multitudes, leurs vêtures précoces et leurs demeures exquises qui s'en viennent,
Sans errances, par les multiplicités accueillantes, générant les sites de l'Amour puisatier aux récompenses harmonieuses,
Leurs limons s'ouvrant à la pérennité de l'extase aguerrie, ne se laissant altérer par de fausses injonctions.

Leurs rêveries ne s'effarouchant devant la virtuosité épervière, et les sensations étranges comme bucoliques,
De serments sevrés dans des latitudes grossières et des impéritie malhabiles et chroniques, déterminant le vague à l'âme,
Le sursis des heures et la paresse des esprits, enchaînés par d'extrêmes vigilances votives sans incarnats et sans répons.

Meutes sacrifiées devant la saison de la raison hissée par l'imaginale évolution, ne se drapant dans des prestances inouïes,
Mais dans l'humilité la plus noble et cohérente, avançant vers les degrés de l'Olympe et de ses prestigieuses couleurs,
Enfantant de diaphanes roseraies, où le lys se perpétue pour glorifier le satin des algues à Midi aux brunes éloquences.

Dont les épices sont de merveilleuses ovations par les rives des sourires, par les sentes des joyeuses interdépendances,
Dans ces libelles que les poèmes fertilisent de débats, caractérisent de vêtures appréciées, de splendeurs faunes,
Aux souffles enhardis, aux témoignages fabuleux ne s'inscrivant dans des parures muettes mais dans des rescrits natifs.

Délivrant la semence des racines du ciel aux laves en fusion, dans la prêtrise du renom de la beauté exaltée,
Où s'enseignent des villes nouvelles, des cités bâties de renom ordonné, dont les forces sont tumultes de jouvence,
Striant d'illuminations les sphères amenant aux calmes attitudes et aux efficiences de l'harmonie toujours exhalée.

Habitant des coupoles aux gravures impeccables, ourlant de nomenclatures les irisations les plus fécondes,
Insignes de la flamboyance de métaux ivres, de caducées opalins et de fèves amantes ruisselant des miroirs de cristal,
Où se dressent les oriflammes de la joie, et les promesses de victoires grisées, aux gloires enivrantes.

Où la caresse des effluves se prononce, parlant de
florales ardeurs sous le vent, dans la pluie solaire et
divinisée,
Aux éventails cérémonieux, animant les ramures
comblées et les orées ouvertes à la luminosité des
chants,
Ceux des règnes nantis ne se garantissant de
faiblesse mais s'ordonnant dans la conscience des
temps.

Dans l'intellection des mouvements intrépides, des
recherches avides, et des flux que parfois les
discordances,
Précisent de vagues sans état, de prairies sans
repères, de forêts sombres et douteuses, où se
taisent les oiseaux,
Toutes noctambules contrées au sursis annoncé
devant l'arc-en-ciel situant leurs péripéties
dévoyées.

Ouvrant le vivant à la pluralité des ondes, et à la manifestation des dorures, dans des semailles joyeuses et dissipées,
Levant des flammes dans les yeux des écrins les plus tendres comme les plus vifs, dans une parousie exquise,
Magnifiant les postures, les dons, une gratitude enivrée formalisant par les règnes des danses d'oriflammes.

De cohortes de sylves aux parfums roulant leurs émanations par-devers les portes les plus secrètes comme les mieux gardées,
Afin d'en éclore les rus les plus apparentés, dans des sortilèges invasifs et magnifiés de couleurs splendides,
Constellant des nefs admirables, relevant le défi de vaincre, de s'avancer vers les fronts hauts des cimes louées et visitées.

Dans une nidation de rêves, aux passementeries de joie et de partage, dont les suffrages se coordonnent dans l'espace,
Mais aussi dans les temps pour évaluer, d'eaux vives, les serments de propos suaves et pertinents, impérieux,
Naturant des livres aux pages effeuillées, aux sourires désarmants menant à la pâmoison de signes existants.

Par les corolles embellies de conques marines, satinées de langueurs de printemps, aux exégèses houleuses,
Par l'apprentissage des forces, et par la reconnaissance de la douceur nacrée dérivant ses formelles allégeances,
Initiant aux préaux les fondations les plus sûres et les plus variées, maintenant la coordination de chaque face du cristal.

Là, ici, plus loin, par les racines de miel et de laves aux profanes jouvences, dont la maturité est cycle de merveille,
Attisant aux foyers les signes de la moisson de blondeurs safranées, dans des éloquences hissant la pérennité.
Par toutes frondaisons comme par toute consumation des heures en sillons, portuaires de diamantaires adages.

Déversant sans interruption les messages de l'azur et de ses ferments les plus devisés comme les plus sacrés,
Dans une constante, dont les épures sont foi de la destinée et de ses essaims mystiques, où s'enlacent et se perdurent,
Les initiations de l'onde dans ses formalisations, ses épanchements, ses concrétisations, ses cathédrales mystérieuses.

Enluminures des nefs aux souffles de propos sereins, délivrant par les sites des ramures aux cœurs épousés,
Complétions des armatures les plus fidèles et les plus novatrices, fondant, aux bastides des remparts aménagés,
De fêtes patentes, aux visitations superbes, éblouissant les paysages d'un reflet souverain de vif embrasement.

Où voguent les écrins de vigueur, dans des mélopées aux souvenirs prestes, déflorant les lagunes ivoirines,
Pour en parfumer d'oasis les vertiges immanents, dans de princiers coloris aux épanchements sinuant le dessein universel,
Du don et de ses tumultes sans limites, s'ouvrant sur des citadelles majestueuses, répondant de la vertu majeure.

Lucide de la Vie dans ses profondeurs ténues et dans ses apogées les plus éblouissants, vaquant de la saison,
La nécessité de l'épanchement par les cycles et les cycles se prêtant à la vitale densité, pour offrir une réponse au néant,
Le réduire à sa plus simple expression, et bien plus, déborder ses frontières aphones, pour en révéler les exondations fertiles.

Prismatique situation des ritournelles, dans leurs orfèvreries limpides, assurant, de par leurs mantisses, les fracas adulés,
Et leurs vecteurs aux éclaircies promptes et sauvages, alternant les prémisses de l'offrande des nectars les plus encensés,
Magnifiant les écumes de miroirs d'opales aux exhalaisons mues et ouatées de rares ivoires de chrysalides éblouies.

Denses, de nature éclose aux opalescentes fraîcheurs que les nectars enseignent, ravissent et perpétuent,
Dans des libéralités manifestant les frugalités novices des épervières confrontations de mânes sans calvaire ni repos,
Où, estampes de grand nom, s'en viennent, cavalières, des mosaïques aux miniatures glorieuses, épanchant leurs radiations ciselées.

Sans altération des silencieuses prestations des navires, aux affluents votifs, attendant leurs cargaisons de miel,
Dans des fenaisons propices et ouvragées, sur lesquels les équipages entonnent des hymnes graves et joyeux de parcours incessants,
Aux contes finalisés par l'ascension de motifs de peuples dont les motivations sont certaines et sans compromission.

Canalisant les métaux, le rugissement des pétales et des blés mûrs de leur monde soucieux, hâtant leurs pas altiers,
Pour nourrir leurs rives de précises coordonnées comme de purs agencements, ouvrant sur la cognition vivante,
Par-delà les extrêmes devises ne se parant que de leur seule vêture pour ne pas se mesurer à la réalité fantastique.

Manœuvrant, habile, par les routes et les fleuves, pour porter jusqu'aux chapiteaux des mers ancestrales,
Les vertus de leur étaiement, de leur association étroite et irradiante, aux permanences, sujettes à toute aristocratie,
Dont les oriflammes se dressent sur le Levant, sans faiblesse aucune devant le statisme comme devant l'adversité.

La paix des royaumes inclinant à toute probité comme à tout courage afin d'habiliter les sentiments d'autrui,
Comme les sentiments propres à l'identification de l'équilibre nécessaire, permettant une action consentie et prospérée,
Par-delà les méthodes effeuillées, dont les discours ne sont issus que de motivations profanes se perdant, car sablières.

Velléitaires, devant l'affirmation de l'observation de toutes formes découvertes, aux proses signifiantes et réfléchies,
Actant leurs rimes d'essaims mystiques pour en arborer les fanions exquis, renvoyant par les cieux leurs lumières d'or,
Conquises de haut panache comme de forte tempête, désagrégeant les fumerolles opiacées et leurs gîtes asséchés.

Pour faire s'éprendre de leurs vertiges les êtres du moment comme du lieu, dans une formalisation symbiotique élémentaire,

Portant vers les ramifications intenses de la solidaire détermination ne se méprisant par les arguties et leurs détails,

Aux équipées sans nombre, se dissolvant par atavisme, fourberie et malléable intellection, dans des forges assombries.

Douteuses et sans clémence, abritant de brutes barbaries dont les répons s'enseignent de voix en voix, se répétant inlassablement,

Dans des rythmes fauves que le néant comprend et qu'il plagie par des routages cristallisant la rupture des règnes,

S'allaitant dans des ténacités sans noblesse et sans propos, couvant sur l'horizon leur nauséabonde incertitude.

Privilégiant le moi au détriment du soi dans des
endurances dont les verbes houleux sont messages
sans avenir,
Tenant entre leurs mots les maux des terres
conquises, les fluides invariants des ténèbres aux
écritoires grotesques,
Dont les chaînes sont des mouroirs pour toute
définition vivante s'insérant en leurs lieux agités de
faiblesse.

Leur désignation montrant des latitudes vides de
croyances sans écrins, de prières sans votive
observance,
Sinon celle de la pluralité de choses crénelées
s'avivant de fortunes et de gloires dans des
marasmes tempétueux,
Conjuguant l'insatisfaction et ses rayonnements,
drapés d'écumes happées par de sinistres
téguments en prosternation.

Avides et téméraires, où les opalescences se croisent
et s'entrecroisent dans des gerbes de limons et de
litières achevées,
Pour identifier leurs fangeuses délivrances, sous les
regards nocturnes de disciples hâtifs se carbonisant
dans la boue,
Avec le regard torve de l'ignorance pour message,
délivré par toutes surfaces des terres qu'ils délitent
de leur raison.

Vêtue de caprices et de velléités s'enhardissant dans
les tréfonds sans en recueillir ni la finesse ni les
auspices diurnes,
Car tout de volonté se brisant sur les séductions
aux sortilèges les plus ténus et les plus vils, les plus
humbles ou couronnés,
Orientant leurs manèges, poursuivant une ronde
qui ne se désigne, sans un dégoût profond,
marquant ainsi leur désunion.

Essence dévoyée dont les libations sont les
coutumes et les marges septentrionales des
alluvions oublieuses,
Masquant leur terrible et désertique expérience par
des adjonctions prisées les ramenant à la matière
écrue et ses conditions,
Ses rus, rustiques et sauvages, glorifiant la violence
et les épices de combats qui ne se mènent pour la
clarté et encore moins la vaillance.

Mais le néant et ses considérables accentuations, en
leurs lieux sans équipages sinon ceux de la délétère
satisfaction matérielle,
Issue de l'impermanence et de ses naufrages les
plus routiniers, encourageant dans des rires des
spasmes houleux,
S'inventant des parures, lors qu'ils ne sont que
mémoires anachroniques, au passé silencieux et
barbare, déjà disparu.

Le vent sur leur outrage déversant à profusion ses
effluves nobles, hissant de chevaleries en
chevaleries les ordres,
Les uns de la puissance, les autres de l'incarnat,
tous volontaires pour taire à jamais ces méandres
dressés,
Épousant leurs corruptibles désinences pour tenter
d'en convaincre les maximes comme les âges par les
temporalités étreintes.

Ne se laissant berner par leurs vêtures sans finition, ces crispations intestines bruyantes de marasme comme d'indélicatesse,
Toutes pauvres litanies, dont les croissances comme les excroissances finissent inlassablement dans les ruts de l'aven,
Où se tiennent dans les labyrinthes les plus fauves, saillissant de rubis leurs expressions, de faunes immersions.

Aux pâleurs stériles, menant des monuments d'agraires perversions aux successions mobiles garantissant le vide,
Le pourvoyant de racines diluviennes perdues dans des danses affligeantes, que les marnes tressaillissent,
Tandis que sous leurs claveaux, en lice, se tiennent les forces sacrales pour en anémier les contraintes et les motifs.

Ouvrant les latitudes comme les longitudes prononcées, pour en révéler les secrets partagés, dans une apparition,
Manœuvrant, habile, leurs infortunes et leurs conséquences fâcheuses, afin d'adoucir leurs peines et leurs climats,
Dans un feu solaire, ardent de ses rayons les promesses d'un sérail et la fluidité d'un hymne ne se corrompant.

Gravure de misaines dans le temple des vaisseaux, vibrant les éventails de déclarations précises se manifestant,
Les unes les autres, dans des verbes en écrins ouvrant les cloîtres à la luxuriance pour fertiliser les mémoires,
Les abreuver d'une féerie que les mânes attendent, dans un front votif par les prairies odorantes couvant la beauté.

Son harmonie et ses lianes indéfectibles, marchant vers l'espérance, et dépassant tous carcans pour advenir la pérennité,
Ses solstices sereins et ses permanences apaisées, débouchant sur la félicité et ses baumes sans chagrins,
Ses rives diluviennes aux sentes épanouies, où le rire des serments fuse par les sphères pour complaire une alcôve magnifiée.

Haute vague et haut serment, destinant, des abeilles au miroir, les miels de la source et les épices des fleuves égayés,
Dans des émanations aux senteurs safranées, élevant des éloquences intrépides comme de candides appartenances,
Par les écumes mordorées et ouvragées, que resplendit le temps comme l'espace, au promontoire de la viduité.

Caresse de moments uniques, et de subordonnées captations que les souffles enseignent de rites à profusion,
Dans de vierges contemplations essaimant le granit et le marbre, le schiste et l'agate, aux racines flamboyantes,
Hissant les moissons aux ferveurs de la fenaison nouvelle à voir, par l'ivoire des ambres de couleurs annonciatrices élevées.

Tandis que s'estompent les fanions, délaissés, pour arbitrer la conjonction de toute divinité en ses exaltations,
Ses promesses et ses dons, nourrissant les bouches affamées et les sens éveillés, de la pulsion motrice de toute dénomination,
Irisant au couchant comme au levant les épures certaines, administrant aux matures de vifs épanchements d'or.

Par les tréfonds frémissants, hâtant la somptuosité de l'équilibre et de ses forces mûries par la vitalité supérieure,
Honorée et rassasiée, délaissant les pavés grossiers pour soutenir la pierre natale se défaisant de ses hardes belliqueuses,
Afin d'être dans la tenue la plus fidèle, la plus élégante et la plus prégnante, pour fortifier l'idéalité et ses horizons limpides.

Dire de pages effeuillées par les temples accueillants, aux prémisses délivrant des sombres et nuageuses glorifications,
De ces sortes de vêtures aux épanchements se laminant sous des scories inouïes, ne servant que de repères aux condamnés,
S'abandonnant à la triste formalité de leur servitude, les enchaînant dans leurs respires sans nombres et défaits.

Tandis qu'au préau se tiennent, fers de lance, les pouvoirs offerts et leur liaison ouvrant les cils et civilisant les regards,
Contant l'histoire de la réalité et non de ses apprivoisements circonscrits par la ténuité du mensonge opiacé,
Par ses livrées qui ne sont que les souffles maudits dont s'écartent les vivants, afin de ne point s'entacher de leur insalubrité.

Dessein des algues à midi, aux ramures lisses et tendres, déflorant les vertiges pour en amenuiser les styles,
Dans une conquête éblouissant les suavités nocturnes et diurnes de rimes étincelantes, exauçant l'éloquence,
La gravité se muant en joie sereine ou, concertées, s'en viennent les draperies de la Voie et de ses chatoiements.

Assistant les fruits divins des armatures dressées, aux conques divines, désignant par les sphères les soutiens glorieux,
Où s'initient dans des souffles, dorlotant les épervières latitudes, les promesses azuréennes et leurs phares mélodieux,
Dans des transes virginales épousant de fertiles ovations comme des concaténations que l'hymne ramifie.

Haute dénomination aux principes concourants, délaissant les vêtures monacales pour vivre de la vie les puissances,
Les incantations et les prestigieuses magnificences, qui se tressent à l'infini pour perdurer les astres et leurs profils,
Dans des termes vigoureux, dont les annonciations sont béatitude des empyrées certains délivrant des brumes Natives.

De celles qui ne sont que parures, que paraître, et n'ont rien de l'être dans sa divinité, sa précocité et son allant,
De celles qui se dérobent devant l'aquilon porteur de toutes messagères avenues nantissant les vivants de leurs fruits germés,
De leur audace et de leurs liens dans des affections sans troubles, portant sans faiblesse leur royaume à l'épanouissement.

Conduit dans des enlacements propices et des ruptures précises, statuant la distinction et ses ardeurs,
Décelant l'ovation des lourds tambours de bronze aux portiques des temples adulés, dont la mémoire antique,
Comble les souvenirs, et désigne ces lendemains d'écume ouvragée ne tardant aux lisses portuaires d'ébats accomplis.

Aux marnes des fidèles circonspections de mouvements ne gravitant dans l'indécise modalité, mais bien au contraire revivifiant,
Et le charme ininterrompu, et la tendresse commune des appâts et de leurs fêtes, dans des flots adventices superbes,
Où les clameurs perlent le front des Océans de prémisses fluviaux, par les îles du bonheur ne se confinant dans l'absurde.

Alors que paradent les oiseaux lyres dans des vols enrichis de diamantaires houles, où s'inscrivent les êtres des temps,
Aux ailes de la couleur de l'arc-en-ciel, vibrant la symphonie des romances, dans de vifs moments assurant leur pérennité.
Les voyant se répondre les uns les autres sans intolérance, n'ayant pour modeste demeure que le don parfait de leur fertilité.

Rescrit sans pauvreté, sans capitulation, tout de grâce s'élançant dans les exondations les plus libres comme les plus denses,
Advenant les maturités des nacres, les plus puissantes comme les plus douces, dans des amènes extases,
Les unes en atours, les autres en semis, dans des pâmoisons sans naufrages où, dans un langage corrélé, se parlent les nefs.

De flores aux enchantements comme aux ensemencements de routes profanes ou sûres, assignant un lendemain,
Une aube nouvelle à voir par les éthers insoupçonnés, où les pétales de roses et les bourgeons bruissent de lave,
Témoignent d'une sérénité assouvissant les attentes, orientant les univers dans leur illumination comme leur abondance.

III

Vêtus de la préciosité, au firmament nous allons les charnelles éloquences déployées par la visitation des œuvres enfantées,

De prismatiques essences, aux essors les plus denses, par la voie sacrée dont les émanations sont révélation,

De connaissance, qu'égrène la somptuosité dans de florales demeures aux exquises turbulences sous l'aquilon novateur.

Prélude du règne en ses facettes les plus nobles comme les plus dominatrices, hâlant de vertiges les prouesses,
Magnifiant l'onde et ses pouvoirs aux encorbellements de majesté et d'innocences comme de fiertés,
Où manœuvrent, habiles, les nautoniers accompagnant leurs stances dans des myriades éblouies de faste.

Parfums des roseraies de lys et de glaïeuls, aux messagères perfections, attisant la perception et son animation,
De roseaux les incarnations mystiques, pleuvant de jade les ersatz de féeries par les glèbes en semences de leurs fruits,
Naviguant, précieux, les amantes perspectives des sylves aux nectars enfantés, marbrant de rives les essaims.

Toutes voies des gravitations se mêlant dans l'ingéniosité d'un séjour, la vocation d'une compréhension,
Irisant, de leurs bréviaires, les adages d'une réalisation que les satisfactions enseignent dans la portée des sèves,
Par les fluidiques persévérances, ne s'oubliant pour rayonner la conscience d'une régénération se perpétuant.

Conçue et apprêtée par le partage et ses émois,
dans la parure de l'écume et de ses houles
d'apprentissages,
Les unes merveilleuses, les autres effeuillées, les
dernières reconnues, astreignant l'onde de
jouissances éthérées,
Dessinant, aux lacs mûrs, les orées les plus
précieuses aux entendements les plus joyeux que le
monde ne néglige.

Car toujours aspirant à plus de volition, pour
féconder les horizons les plus lointains, les plus
denses et les plus vifs,
Par les regards ouverts sur l'avenir, ne se portant à
la demi-mesure, mais se hissant à la félicité et ses
vagues opportunes,
Voyant, volige, le souffle maîtrisé coordonnant les
réflexes d'une situation ne se défaisant de ses
orientations.

Les unes les autres, dans une répartition privilégiée,
se manifestant par toutes faces couronnées,
embrasées,
Et louangées, par une impérieuse dénomination,
dont les phrases conjuguent leur raison par-delà les
stigmates obérés,
Ces promesses sans desseins, où les noctambules
adresses se perdent dans le néant de velléités
oppressées.

Lieux des liens désunis, ne se retrouvant non plus
dans la complicité mais dans le rejet, dans cette
destination,
Que les formalisations évoquent de regrets, de
désirs avortés, de lamentables avens aux scories
épuisées,
Balayés par la soif de la pure intronisation du verbe
à la capacité et ses mesures, initié par la perfection
sereine.

Bâtie par mille cités comme par mille citadelles, aux prononciations majestueuses, développant par les prairies diaphanes,
Les prestances d'une marche majestueuse, innovante et sublime, où se retrouvent les firmaments vivants,
Dans de douces certitudes, de complètes célérités, irisant de magnifiques ensembles aux sources divinisées.

Attelant aux rives enseignées les pluviosités sacrées de temples s'enorgueillissant de ravissement et de contentement,
Lorsque leurs nefs devisent les serments, les plaisirs et les désirs, les tendresses et les parfums de la pluralité,
Hâlant de vives efflorescences les susurrements d'alluvions granités, se déclarant de pure et noble navigation.

Permanence de la beauté, dans ses acclimatations les plus nobles comme les plus exquises, enseignant la vertu native,
Du don le plus gratifiant qui soi, celui de la perte du moi dans le soi lui-même, dont les ondes sont de jouvence signifiante,
Magnifiant toute condition dans ses expressions les plus denses comme les plus douces par des fenaisons enivrantes.

Moisson de sources aux remparts des quiétudes œuvrant les formalisations de contemplatives désinences,
Marbrant de fêtes à Midi les cils les plus ouverts devant la pénétration du souffle et l'apothéose de ses serments,
Délivrant les onguents de rutilances ondoyantes de prestances, que les forges épanouissent dans un rythme d'offrande.

Épuisant les sols de caresses aux clameurs enchevêtrées, finalisant les ascensions malléables et suivies,
Divinisant le parfum des lys, s'engendrant dans une prospérité devisée où s'ébattent des demeures épervières,
Aux chatoiements d'épures dessinées, ramifiant des équipages comblés de fruits joyeux, s'épanchant sous le soleil amène.

Dans les circonvolutions des hélianthes, illuminant de leurs splendeurs les anachorètes charpentes de moiteurs vivantes,
Affrontant les rimes des terres sûres, s'exposant dans les brumes et les épithéliales conjonctions d'agraire levain,
Où les iridescences écoulent des rubis de clartés suaves et rebelles, entonnant leur refrain pour s'unir et se révéler.

Dans de méthodiques gravures enseignées et fertilisés, où les mondes sont de ramures impérissables,
Assignant à l'éclair la vitale expression d'affines destinées composées, orientant les rus et les fleuves incarnés,
Vers ces somptuosités dont les Sages satisfont les secrets, les Mages les vêtures, et les guerriers les efflorescences vives.

Sans marge de propos aux phrases accordées, soulignant par la plénitude les enfantements les plus dévoués,
Délaissant les esquisses surannées, pour s'ouvrir à la perpétuation de coordonnées embrasant la viduité,
Dans un développement ne tarissant devant l'épreuve comme les combats, mêlant l'évolutive comme l'involutive cognition.

Aux aquilons impérieux, abreuvant les domaines les plus vastes comme les plus ténus, à la volonté inextinguible,
Assurant le devenir dans ses forces, administrant les commencements d'ardeurs vivaces et avisées, adulées,
Vivifiant les passementeries des dorures les plus abstraites comme les plus conquérantes, afin d'en offrir les sérails.

Dans des murmures officiés, relevant le défi de vivre, par les sylves les plus ténébreuses comme les prairies aphones,
Le parcours sans intrigue se dressant dans des volutes, ne se figeant ni ne se désunissant, afin d'armorier le silence,
Et bien plus le néant, ourlant de ses hardes les équipées pour tenter de les broyer dans ses commodités.

N'y parvenant devant l'intensité effeuillée ne se prosternant devant le vide et ses augures sans le moindre prestige,
Comblant avec une alacrité sans limite les espaces les plus troubles comme les plus éphémères, dans un jeu d'éventail,
Puisant en ses sommets les racines, pour en inclure la pérenne mesure permettant d'éblouir chaque facette du cristal opalin.

Bruissement des jours heureux et des nuits fécondes, alors que se lève le soleil infini pour inonder de ses rayons mystiques,
Les pluralités exondées aux rêveries denses et magnifiées, où le chant devient expression théurgique,
Dans la manifestation même du prestige sans équivoque, hissant la Vie vers ses sommets les plus idéalisés.

Où le Verbe n'est pas seulement promesse, mais grandeur d'une assomption divine couronnant les temples d'éden,
Les formidables promontoires où se désignent les auras les plus puissantes comme les plus affirmées, afin de diriger,
Non vers le néant et ses catafalques houleux, mais vers l'horizon somptueux où s'embrasent des nidations cristallines.

Consacrant les épreuves de thuriféraires nominations, ne se berçant des illusions factices et délétères,
Mais prononçant, dans le cadre de l'évolutive prescience, les coordonnées assouplies permettant de naître l'harmonie,
Dans des vibrations solidaires, témoignant de la rupture des accentuations frigides et prostrées, sans lendemain.

Le Chœur participant à la présence souveraine, au détriment des écarts surannés, dont les devises s'étiolent,
Dont les incarnations sans noblesse s'émondent, afin de laisser place à la tempérance de l'iridescence,
De ses volutes enseignant la matricielle consécration advenant par ses matrices les forces énergiques.

Décelées dans les rythmes et les rites ne se perdant aux lagunes votives, mais engendrant des actes magnifiés,
Redorant le parvis des âges sombres pour les nettoyer de leurs scories et témoigner à l'abysse leurs poudroiements,
Leurs sentences comme leurs approximations ne tenant compte de la réalité et de sa forge magistrale convoitée.

Dans un concert délaissant la frivolité comme les velléités, axant par la recherche les épures singulières,
Aux ébauches parfaites, semant de leurs organdis les élancements les plus glorieux par les sphères embrasées,
Dans des détails fulgurant et consumant les navigations discrétionnaires et leurs fauves latitudes éphémères.

Libres réverbérations des attitudes composées, dont les sourires initiés sont densités appelant à la vivacité,
Dans ses états les plus profonds permettant de sérier, de l'individué sans équivoque, les formalisations générées,
Et dans une réciprocité, les harmoniques nécessaires à la gradation d'une marche menant vers la civilisation.

Portée des signes par les temps, et des souffles par
les espaces les plus grandioses et les plus achevés
et sériés,
Manœuvrant la fière destinée ne se laissant dans les
refuges comme dans les cavernes sombres, où se
figent les essaims,
Où se déciment les plus belles aventures comme les
plus nobles parcours, pour complaire à de faux
raisonnements qui veulent éblouir.

Ainsi dans le sens de la raison magnifiée par
l'imaginal, la course emprise et éprise d'un répons
aux ordonnances apparentes,
Aventurant l'organisation de prestigieux emblèmes
de marbrières constellations, aux orées
permanentes,
Datant les cycles des ruptures et des élans, novices
ou grés, toujours dans une vague où les peuplades
s'épanchent.

Préemption de noblesse, que leurs arcanes
silencieux irisent de leurs forces qui furent et
viendront témoigner,
Dans des éblouissements naturants la postérité
dans ses formes exaltantes comme ses agencements
les plus féconds,
Laves de promesses aux épanchements cristallisant
l'envergure de mages essences comme de sages
embellies.

Monade superbe et souveraine, à l'écoute des
prières et des ensorcellements que les pourpres
fortifications évoquent,
Dans la profondeur des élans vertigineux, ne
sombrant dans les parures absconses, leur
préférant la lumière,
La gravité et la pureté d'un étincellement de rus
parfumant, d'ondes initiées, les temporalités les
plus désignées.

Glèbes de cycles en parcours, corroborant les
instincts de la maîtrise soudaine, s'agrémentant de
fluviale portée,
Assignant les blondeurs épousées aux flux et aux
reflux d'une destinée, ne se délivrant seulement de
prouesses,
Mais conviant l'Éternité en son parfum, où
embaument et le réel et ses armoiries dans des
grâces divines.

Par l'altérité de la fonction comme de la
compréhension, où s'effacent les lagunes
désespérées, les miroirs tyranniques,
Les feulements d'ovipares opiacés dont les visions
ne correspondent la rencontre avec l'ambroisie et
ses ors téméraires,
Toutes ces promptitudes d'hier, aux vivacités
larmoyantes, s'éprenant de leurs apparitions sans
fondement.

Dépassées et futiles, devant le couronnement et ses
principes tutélaires embrasant de vastes horizons
aux pluies solsticiales,
Arborant les floralies d'exactes ascensions comme
de théurgiques constantes ne s'évaporant dans les
brouillards aphasiques,
Les brasiers où s'enchaînent les mythes, pour
conspirer, de leurs fumerolles étranges, les
évanescences de la nue.

Visitées et mesurées, par les espaces
anachroniques, perdus désormais sous les
ravinements de la pierre maturée,
Brillante, sans contrefaçon, de leurs dorures aux
masques intrépides et fauves, masquant toutes
suaves retrouvailles,
Sous des ciselures enrubannées de fonctions
manœuvrant des incertitudes d'artères de crachin et
de suie.

Dont les mondes s'épurent, afin de faciliter les
orientations, par leur entremise, en chaque respire
des blizzards,
Fortifiant les demeures, les foyers des chaumes
comme des cités, les vastes préaux des châteaux
sous les cieux,
Visitant les ombres qui passent et trépassent, dans
des éclats de luminosité que leur parure conte sans
répit.

Ici, là, dans des magnitudes intelligibles, élevées et sourcées gravitant les errements pour en anéantir les litanies,
Les efforçant à disparaître les orées pour permettre à la splendeur d'avancer plus profondément encore dans les sentes argentées,
Dont les leviers et les tremplins sont enjouement de veille destituant l'insatisfaction et ses lacs d'amertume.

Tandis qu'au sein des gradations s'effectue le vol gracieux des Aigles de terre et des circaètes de mer, dans une farandole,
Dont les chorégraphies sont semis de conditions réalisées et magnifiées par les déserts et leurs oasis livrées,
Dans de vifs partages assumant les mantisses du temps présent, à l'ouverture sacrale, dont les frises du jour mandent un répons.

Prémisse de latitudes ouvragées attestant la félicité comme la gaîté, pour principes et semences de ces temps présents,
Voyant les secrets des étendues mystiques s'épancher dans des découvertes profondes où se taisent les nuages,
Où s'interrompent les frimas, pour graver par les sites enfantés la fécondité permettant de naître la viduité.

Non celle profane des arbitraires consanguinités qui voguent vers des îles réfugiées, mais vers ce diamant constant,
Dont les épures sont les racines des jouvences les plus exquises comme les plus tendres d'épanchements,
Dressant leurs couronnes sur toutes faces, en discernant leurs desseins houleux comme tempétueux.

Par les marges septentrionales des écrins, que les forces mènent vers les propriétés de concepts aux pouvoirs honorés,
Alimentant de leurs sources, des ivoires fantastiques où de lys essaims se formalisent, marchant vers la nue sans regret,
Pour prospérer les figurations dans des perceptions qui ne sont atones, mais vitales, afin d'engendrer le sacre et sa suavité.

Ivre consomption des matures avisées aux corderies des lacs effeuillés, où dansent des cygnes ailés de prestance,
Messagers des irradiations soucieuses, martelant de singulières symphonies aux devises majestueuses et propitiatoires,
Libérant par le courant de leurs souffles des énergies combinées dévoilant toutes les gravités afin de les fertiliser.

Dans un devoir ne se compromettant, ne se dévoyant, mais toujours s'affairant de volonté éveillée à l'évolutive conscience,
À cet instant magique où s'enhardissent les alchimies précieuses et leurs forteresses de métaux ourlés de propos,
Dans de vastes parcours, où s'enseignent les mondes des sphères et leurs parousies aux rengaines animées.

De corolles admiratives nimbant les incantations s'envolant dans la grâce vers les sommets après avoir connu l'abîme,
Cet aven où s'engluent les abondances dans de miasmatiques concrétions aux marginales démonstrations,
Hâlant, sans secours, des naufrages où se vident les harmonies pour ne laisser place qu'à la dilution commémorative.

Ici, corrigée par l'afflux des êtres en semis, dont les formidables courses se répandent par toutes surfaces,
Dans des rimes dirigées, où se congratulent les berceaux de vies tumultueuses, pour extraire de leurs onguents,
Les fluidités impérieuses permettant la genèse de l'histoire, dans ses appréciations réelles et non cosmétiques.

Chuintements dans les vents se pressant sur les falaises, où s'agitent des armées, les unes les autres, préoccupées,
Les unes les autres ayant hâte de vaincre les moments aux insipides couleurs pour les remplacer par des oasis,
De temples à midi, aux épithéliales consonances, dont les rescrits ne se perdent dans des labyrinthes cloîtrés.

Mais fusionnent, dans des avantages certains, les balustrades de la connaissance ne se suffisant de mystères,
Là, progressant imperturbablement dans une exégèse martelant ses sonnets, accompagnés de mélodies ravies,
Afin de secréter la pluralité exonde d'œuvres sans atermoiements ni immobiles novations, dans une fête magnifiée.

Préambule à toutes ramifications que les essors
correspondants naviguent aux fluviales devises de
l'hymne,
Natives des efflorescences les plus tendres, aux
élancements d'effluves montant vers l'horizon
annoncer l'orphéon,
Son respire et ses fêtes, par les degrés assouvis de
l'ambre en majesté, consignant de l'éphémère la
pure volition.

Dans une ordonnance sans gage, sinon celui de
l'honneur inviolé se portant aux ramures
imputrescibles,
De sites harmonieux se lovant dans le granit et le
marbre, afin de resplendir la nativité d'un règne où
s'exonde le vivant,
Délaissant le futile et les ravines de l'imprécision
pour des rives enorgueillies de cristal aux métaux
azuréens.

Par la finesse des styles, et par l'érosion des
gravités, fortifiant ainsi la semence des levants qui
se tressent,
Se délivrent et s'attirent pour créer l'éventail de la
cité glorieuse où chacun se révèle, s'enhardit, et
par-delà les promesses,
Instaure sa condition dans les sujétions issues de
son unité primordiale, révélée, enseignée, œuvrant à
l'euphorie.

Épousant des évocations aux regards éveillés, dans des signes sereins dont les parures sont prestances de la renommée,
Aux conclaves témoignés et assurés, magnifiant les clauses de l'existence dans ses parchemins lumineux,
Et éclairés, où les ondes de miel sont miroirs effeuillant des marques de noblesse aux transes initiées.

Devises des enluminures se prononçant par les rescrits aux pages se tournant vers des augures prestigieux,
Enivrant le souffle des heures d'inscriptions votives, manifestant par les tumultes des apaisements et des embrasements,
Dans de grandes conjugaisons, aux dires sans limites, se prononçant, s'accommodant, se coordonnant et élevant.

Par les prairies diaphanes, les falaises de schistes, les monts enneigés, les forêts épistolaires, les sentiers et les rus,
Allant les éteules des vertiges d'une pluviosité granitée, où les glèbes sont sûretés des racines et de leurs feux,
Sous l'aube et ses écarlates demeures, ses nuageuses perceptions, ses éclats de luminosités orageuses et spontanées.

Délivrant ainsi l'aubade dans sa beauté, son élémentaire conviction ne se lassant des rives à venir au firmament,
Où s'éparpillent des senteurs de roseraies, des livrées de pitons ouvragés dont les nectars sont corrélations,
D'ultime message par les féeries, où volent les oiseaux lyres vers une moisson de corail et d'ébène comme de palissandre.

Riche de la vertu de formes élégantes, se hissant au-delà des solitudes pour clamer dans l'innocence des préaux vivants,

L'acclimatation et ses étendues les plus propices comme les plus festives, désignant par les flores sinuées,

Les jouvences irisant les marches à propos, ces grands concerts de pas anachorètes aux rimes d'or participes.

Croisées des chemins et des sentes les plus impériales, stylisant leurs gravures amènes de randonnées stellaires,

Révélant dans leurs orientations les écumes de la voie et de ses rayonnements fugaces et souverains, à suivre,

Sans égarement, dans des manœuvres inventives correspondant à toute maturation des alizés et de leurs conséquences pensives.

Ouverture des rythmes et des rites cléments, élevant les stances aux arcanes de la concrétisation des vœux enfantés,
S'en venant ici à la mesure de toute harmonieuse conjonction, de la plus pure à la plus exaltante, conservant la voie,
Sans refuge, s'ouvrant aux règlements d'une réverbération diachronique forgeant ses cristallisations.

Par-delà les nuées, où s'enseignent les parures exondées de nitescences accordées, s'évertuant par les regards initiés,
Œuvrant aux espaces légers les moiteurs de sillons aux avancées des rus, clamant de leurs prémonitions,
Leurs domaines de prédilection, dans de vertigineux messages, par la densité des lieux aux surfaces marbrées de lys et de satins bleuis.

Condensant, dans des gerbes de corail, les épithéliales instructions se gréant de fêtes en fêtes dimensionnelles,
De rouages fluides, permettant à l'organisation de toute vie de se glorifier dans leurs principes aux vastes tenues,
Dans des mondes perspicaces entendant la raison, de nuptiale puissance, des verbes aux mystiques épanchements.

Orbes des fruits des hymnes ne se lamentant mais
exécutant par les cimes les ondes majeures
nécessaires à l'autorité,
Dans une désinence prometteuse, où les alluvions
sont cycles de vertus comme de noblesses
messagères,
Irisant, sur les rives, les mobiles participant à
l'éloquence la plus affine comme la plus avenante
par ses rimes.

Expérience de préaux aux sylves de lacs mordorés,
où attendent les équipages dans des nuées
d'oiseaux,
Leurs barques ivoirines, lovées au cœur des
oliveraies, magnifiant les lieux d'odorants effluves
enhardis,
Dans la chaleur propice des solaires majestés,
épousant les nidations de glaïeuls aux hampes de
grenat impérieux.

Gravitant les flores condescendantes à la
pusillanimité des mousses, aux corolles abritées de
vertiges,
Princières des limbes et des frissons, des senteurs
de romarins et d'épices incarnées, où les fruits
mûrissent,
Dans le charroiement d'écumes diverses et
appropriées par les levains distincts de pâmoisons
dont le ciel s'enivre.

Advenant aux bois d'éden turgescents leurs pistils
diurnes, s'éparpillant en farandole sous le regard
des cygnes,
Volatils versatiles des prestances de l'Occident, aux
ramures partagées, aux couplets apprêtés de mille
et mille mélodies,
Les unes nacrées par la tempérance, les autres par
la vénération, les dernières par l'éveil, qu'un oiseau
lyre devine et enfante.

Charriant des instants précoces par les rêveries diaphanes, où s'en viennent les êtres de ces temps pour s'odorer,
Des pluviosités sacrées, aux émanations caressantes et fermes, décillant les secrètes voliges des temples à Midi,
Où se parent les enluminures de toute nostalgie, mais aussi d'un avenir fécond délibérant ses concaténations splendides.

Issues de la force de sèves nouvelles s'inclinant devant les rayonnements des parterres de parousies,
Enfantant dans le tumulte, jouvence de rives éveillées, les exigences du firmament et de ses éventails engageants,
Où les mondes s'empressent dans d'ardentes harmonies, que destinent les sortilèges de méditatives mesures.

Dessein des âmes de la pluie comme du soleil, aux mannes exquises, dont les prières fécondent les théurgies,
Administrent les soutiens essentiels à l'expression, ne s'aliénant dans des digressions sans conclusion comme sans nombre,
Sur les transformations, les contemplations, les actions à mener pour s'unir à la densité comme à sa perception.

Alors que la quiétude inonde le séjour, ne s'empreint de tergiversations, ne se soumet aux aberrations comme aux fluctuations,
Mais toujours œuvre, dans la prononciation du vœu vivant, afin de l'établir dans les correspondances les plus ultimes,
Comme les plus intimes, dans une perfection qui n'est songe, mais, bien plus, gravité de l'ascension et de ses sites.

Où se lisent les éthers constellés et les miroirs d'ondes des saisons se vêtant de l'esprit par les citadelles,
Les unes les autres s'épanchant dans de grandes démonstrations de vertus en mémoire de promesses,
Délibérant par les forces les âges souverains et les diamantaires effluves, dont les portiques paraissent le sevrage encensé.

Mystique préhension des atours et de leurs suffrages, aux draperies majestueuses, irisant les souffles épris,
De fontaines éveillées, resplendissant leurs formes diaprées, où s'entretiennent de lisses profusions aux moiteurs enivrées,
Que le ferment des flores attise dans des complaintes générées par les allaitements de grenats magnifiés.

Conduction de riveraines flamboyances de brindilles au feu nacré, dont les flammèches conduisent l'innocence,
Dans des troupes effeuillées, où se tiennent les sarments et la fraîcheur de l'amante destinée liant ses gravures,
Pour fortifier leurs devises, de séductions nuptiales, aux corrélatifs abandons comme aux fresques de don natif.

Dans des ardeurs, sans conte de vestiges comme d'histoires anciennes, adhérant à la composition stylisée,
Pour innover, dans le parfum de la suavité, les irréductibles consécrations ne s'admonestant mais se générant,
Dans la splendeur de l'aurore, dans le zénith de Midi, dans les flanelles de la nuit, jusqu'aux solstices embrasant toute témérité.

Par des ovations ne se contemplant, mais se vivant dans des coïncidences majeures d'alcôves de fruits sevrés,
Éperviers et fertiles, embrasant des courants distincts, se lovant dans la perfection de l'énamoure et de ses fastes,
Dans des rires et des sourires, dont les mesures sont une symphonie diligentant la sérénité à une harmonie triomphante.

Et une ivresse des plus belles par la féerie des épanchements, où les novices apparences sont présentes,
Pour apparier les degrés de l'ouverture mage à la catalyse de l'enfantement, et de ses prouesses, aux racines élégantes,
Poudroyant par les cités des mosaïques de couleurs chatoyantes, dans de festives escortes d'armoiries limpides.

Sans transition des demeures qui furent, la dextérité ne se lassant des préhensions et de leurs illuminations,
Toujours s'invitant dans les préaux sans oubli, dans les manifestations les plus solidaires comme les plus naturelles,
Où l'onde perce les mystères, les ennoblie et les invite à la parturition de mondes, hier engloutis ou ensevelis.

Promesse d'époques conquises et à conquérir, signifiantes, où se retrouvent en lices les attitudes élevées,
Magnifiant de leur certitude les essors de chaque élément de la vie, afin de le fortifier dans la parousie d'un seuil,
Au-delà des digressions qui amenuisent le sort et ses élans gracieux, où les forces sont de pluviosités granitées.

Essences du Verbe aux magnificences témoignant des actes comme des gestes aux encorbellements précieux,
Où se vit la magie comme la sagesse pour agréer les offertoires les plus denses comme les plus émerveillés,
Dont les reîtres, en leurs silences, contemplent les agencements comme les félicités dans un désir d'accomplissement.

Merveille de paysages clairs aux orées les plus précieuses, devinant l'âtre des cris du cœur et du corps,
Les faiblesses amazones comme les désirs de ramures, dont les enseignes sont principes de renouveau,
De partage et de fécondation où s'abreuvent les faunes à minuit, dans de douces euphories, qu'affirme un oiseau cosmique.

Condition de phrases sous le vent portant les vêtures sacrées des tenues étincelantes de la foi renouvelée et située,
Par-delà les contrées amorphes et leurs séquelles fâcheuses, dont les distillations émanent des moisissures,
Des torchis de lamentations comme des salpêtres de divisions, aux effluves anéantissant les frissons de l'aube.

Toutes édulcorations, par les signes à midi, se relevant de la pourpre divagation de regards malveillants et amers,
Pour prononcer le jugement de l'énergie novatrice ne se laissant importuner par les dérives et leurs inventions barbares,
Ces lagunes de l'aquilon labourant des sols où les glèbes n'enfantent que le chiendent et ses surgeons belliqueux.

Dévoyés dans la plaine, après le combat des règnes ne se prêtant à leurs turpitudes, leurs impositions larvaires,
Fétides des glaires les plus maladives comme les plus pandémiques, qu'il convient de saturer dans l'âme même de la plénitude,
Celle ne se corrompant des armures saillies, des armatures désunies, des opacités où les rêves ne rêvent plus.

Tant de mirages devant les éclairs qui passent, et ne repassent, tant de givre dans les fossettes qui ne savent rire,
Tant et tant dans la culmination des nocturnes désinences dont les œuvres ne se parfondent que dans la brume glauque,
Dont il faut délivrer l'architecture, afin qu'elle nature la légèreté et ses épanouissements les plus divins par toutes faces.

Dans une joie merveilleuse, où la douceur baigne les frondaisons de rivages azurés, où se tressent les ornements fractals,
Dissipant les nuageuses perceptions, les défauts d'appréciations, et leurs aigrettes que les phares taisent,
Devant la nuptialité qui se prononce, s'acquiert et lentement, mais sûrement, ranime la splendeur par toutes routes ouvragées.

Dans la décence des mondes qui se lient et se relient, pour témoigner de la glose et de ses refrains exhaustifs,
Irradiant l'immensité, afin de promouvoir les phases tectoniques, dont les souffles se désaltèrent, sans jamais se lasser,
Pour porter à l'unité les viduités apaisées, par l'effusion des cycles de vigueur et de tendresse des rives enseignées.

Délaissant les vêtures de lin et de soie, sous le soleil radieux, des algues cuivrées lisses et tendres, aux rythmes féconds,
Pour d'épices joyeuses, aller les limbes odorants et magiques, dans des fresques qui ne se lassent de midi aux offices délassés,
Par une frénésie alchimique dont le sérail pleut d'agates le cristal au miroir d'ondes fugaces et vives d'orée diamantaire.

Où les rubis perlent de navigations élancées, où, en lices cavalières, les émaux des prairies dévoilent le sens intime,
Du frisson de joies sereines, dérivant aux échancrures des draperies, glissant dans une émotive candeur, afin d'offrir leurs parures,
De sentes et de glaïeuls, où les grenats déversent des adages de flots vigoureux, emportant dans l'extase les sollicitations les plus denses.

Comme les plus épousées, pour une magistrale féerie, où de mûres destinées s'enchevêtrent dans des accords parfaits,
Rayonnant par les sphères des sépales d'ocre et de lumière, gémissants sur la glèbe la source et ses limons magnifiés de jouvence,
Dans des suavités aux symphonies de transes et de fêtes, aux jeux inventifs et légers, appariant d'humides lascivités.

Promesses d'extases concourantes, que des nectars déploient dans des geysers de cristaux de fluviales arborescences,
Dessinées et destinées par le cœur et ses écrins, sous la nue que le soleil pleut de secrets et de mystères,
D'opales aux senteurs adulées, aux marbres et aux cils parfumés, engendrant des semailles de rires et de soupirs.

De joies et de cris d'affection, par les lacs enivrés aux postures magnifiées, aux rythmes étincelant d'ivres parousies, où nagent,
Fidèles, les forces du corail, dans des éblouissements de nacre et des étincellements extatiques,
Allant, venant la douceur exquise, dans une floraison que les passions exondent de lys firmament.

Destination de signes aux élancements fertiles, pénétrant les rives d'avens magnifiés par la rosée impérieuse,
Et ses cataractes de rus impatients, voyant s'inscrire dans la chaleur tempétueuse les iris glorifiés,
De poudroiements aux labyrinthes, épanchant leur vitalité obstinée, conjuguant de charnelles jouvences.

Portant à l'horizon des clameurs merveilleuses, satinées d'expressions les plus surprenantes, allaitant les palais avides,
Et les sens en émois, tressant l'émeraude et les grappes lourdes de hampes en majesté, glissant au sillon de la volupté,
Dans des galops impérieux, livrant à profusion leurs écheveaux de règnes pour la prospérité, dont le fleuve s'épanche à satiété.

Galop de fèves lourdes aux moiteurs de varechs ouverts à la profusion des hymnes, dans la perfection des conques,
Et sentes maritimes, où s'épanouissent leurs zèles solaires dans des danses vertigineuses resplendissant leur grenat,
Humus aux floralies de divines prestances que le sacre ruisselle de densité, dans une écume ourlant les grèves assoiffées de semences et d'épopées.

Joies d'irisations répandues et alanguies dont les sylves odorent la magnificence sur les marbres des éloquences,
Palpitant leurs ondes gracieuses et enivrantes où les lèvres de myosotis s'abreuvent dans des ovations splendides,
Irradiant la perception de phrases mélodieuses, que les transes idéalisées répondent par les souffles de toute existence.

IV

Aux enlacements de l'orbe dans ses facettes glorieuses, que le lys partage émeut et développe dans une portée royale,
S'en viennent les horizons, les plus doux comme les plus nobles, aux appariements sublimes et générés par la grâce,
Aux éclats ravissant la vertu et ses calices de sépales armoriés par les blondeurs éveillées, dont la voie est passementerie.

Au zéphyr de précieuses corolles bruissant les
mantisses des évanescences de miroirs et de
subterfuges,
Aux chuchotements incarnés, développant les
membrures d'assouvissements les plus fermes et
talentueux,
Dans des arraisonnements que les matures
liquéfient dans des fleuves charriant les mystères de
toutes équipées.

Aux contemplatives essences d'élégances s'extasiant
de mélopées ouvrant sur la destinée, mesures du
pistil,
De promesses enfantées, devisant sous la caresse
les vertus de la délicatesse d'un firmament de mâts
tissés,
Apprivoisés et magnifiés par le sens éphémère d'une
fascination, renouvelée sous les prismes d'or de la
clarté.

Où se lèvent les firmaments et leurs festives
langueurs, dans une force limpide initiée de svelte
formalité embrasée,
Loin des tumultes, pour offrir leurs mouvances de
grâce merveilleuse, d'éclipses aux diurnes devises,
dans l'essor des rives effeuillées,
Qu'éploient les gouttelettes du désir martial de
faunes à l'effort intense, innervant leurs agilités de
hardiesses.

Déployant leur onde sur toutes surfaces d'ambre et de marbre, glissant les volutes emprisonnant l'hymne de vigueur pour s'en emparer,
Et là, dans la grâce du mouvement le plus joyeux faire jaillir la nacre et le jade des fenaisons dont l'ivoire est affamé,
Consacrant ainsi le mystère de toute nature par la révélation de ses chants et de ses hymnes, pour naître tout avenir.

Dans cette joie de la plénitude consommée que les vals apaisés contemplent par le sérail des vertus les plus délicieuses,
Sans masques de rives effeuillées, distinctes dans le couronnement de la voie et de ses harmonies se délivrant des seuils,
Ouvrant sur les lagunes le rire du printemps et ses orées ciselées, où se tiennent les mages dans l'éloquence du vœu.

Se tient la majeure constellation de prismatiques sentiments s'envolant vers les cieux pour rafraîchir les tempes de la nue,
Dans de cristallins opérandes dont les tenues sont de vastes offrandes, de bel ivoire au satin des roseraies et des lys,
Sous le soleil grandi que les âges déversent jusqu'à la nuit dans de coralliennes somptuosités émerveillées.

Livrées à la parturition des âmes, retrouvant là, le sens de toute vie dans ses épures, ses grandeurs, ses annonciations,
Dans ce creuset des hymnes où coexistent les baumes et la jouvence de l'éternité et de sa précieuse désinence,
Acclamant les éloquences des fruits des stances, que les attentes comblent pour s'ouvrir à l'harmonieuse pérennité.

Dans une œuvre de serment aux attitudes glorieuses, aux festives langueurs comme aux visitations louangeuses,
Essaimant la fertilité des mondes dans des nappes de schistes et des vêtures de corail, étincelant le firmament,
D'augures inventifs, de mannes en écrins, que les ondes poursuivent indéfiniment de leur ferveur et de leur prestige.

Dans un formidable épanchement, relevant de l'autorité souveraine, marquant de ces déciles les origines azurées,
Et pour chaque étreinte en leur diversité la pâmoison de ce creuset du vivant hâlant par ses émois la vision majestueuse,
De la route à suivre pour épanouir toutes formes dans la joie, au-delà de toutes solitudes comme de tous atermoiements.

Présence aux diurnes agencements, par les prémisses ouvrées de latitudes légères et ouatées de perfection,
Où s'initie, ici, le Verbe dans sa mesure développée, dans ses sillons aux lisses prestances énamourant les cycles de la genèse,
Dans de grandes joies dispersées, où les enfantements sont ramures de la pure éloquence du vivant.

Aux convictions exquises, naturant le propos judicieux en ses semis les plus doux comme les plus fertiles,
Dans un abandon, où le don réverbère ses intrépides concaténations énumérant les sources et leurs rubis,
Les essors et leur majesté, que félicitent les nuits cendrées et les aubes sous le vent aux navigations stellaires.

Aux fluidiques évanescences, aux marnes embellies, dans les sursauts des affres les plus séduits où l'onde persiste,
Nacrant de fluviale prestance des gerbes de libre dessein s'ouvrant à la plénitude et ses charroiements,
D'alcôves aux passementeries qui ne s'ignorent, ne se délaissent, mais trouvent en chemin l'espérance de nidations joyeuses.

De thèmes en thèmes, dans l'instantanéité des effluves orientant les désirs et leurs succès par les temporalités,
Là, ici, plus loin, natifs des flots de la mer et des courants des espaces, où s'enseignent les mondes et leurs royautés,
Éclairant les cimes des parures de nefs maritimes, en écho de sentes, vénérant les semences de fruits dispersés.

Tout de volition s'ordonnant dans le frôlement de la douceur de leur jour d'été, d'une liesse et d'une certitude,
Couvées dans la moiteur des opales légères et merveilleuses, fortifiant leurs danses de nénuphars colorés,
Dans des fresques que les souffles retiennent dans l'ardeur, leur conjugaison hâlant les intelligences à la pure beauté.

Consciente des joies partagées, des aquilons mûrs aux éventails pluvieux, advenant le sourire du souvenir des captivités,
Exondées, déjà dans le berceau des songes et des rêves, hissant les pétales des floralies aux quintessences de la nue,
Pour en porter les permissions et les désirées aventures secrètes, dont les royaumes évoquent la préciosité.

De laves en souci des écumes sans naufrage, poudroyant l'immensité de limons engendrés, dans des fenaisons,
Des moissons amènes, où se répondent les phrases de la parousie dans des concrétions splendides et magnifiées,
Accentuant les délices de la parure des âges comme de la voussure des espaces, sans trouble aucun dans leur définition.

Soutenant les fêtes et les penchants des équipées de lumineuses étoiles, où se glissent des parfums enivrants,
Enhardis de nobles promontoires, pour, d'une ramification, saluer la douve de l'éponyme apothéose de la créativité,
Dans de suaves solennités, que réclament la densité de l'existence et son Olympe de frissons tutélaires et merveilleux.

D'eaux vives les principes, aux talismaniques vertus dont les frénésies sont tremplins de saines admirations,
Dévoilant, par les hymnes, les nectars et la rosée profonde ruisselant dans des rets leurs sédiments les plus doux,
Épanchant des avens impérieux aux concrétisations les plus habiles comme aux destinées les plus prestigieuses.

Allant les rives de la saison nouvelle dans des
pétillements d'allégresse, prêtres de grand nom, de
coruscantes hyperboles,
D'agates et de sèves aux limbes irradiant les vives
ondes de miel et de laves éblouies, dont parlent les
chamans,
Par les équinoxiales envergures des mers fécondes,
où se baignent les navigateurs de haut présage
comme de fière apparence.

Manœuvrant des conques fidèles par les armatures
des vents, dans des préaux de coques marbrées de
flores amazones,
Où se tiennent, en conciliabules, les sages dans leur
manteau de gloire et d'hermine, balbutiant des
contes sans naufrages,
Devant l'oratoire discret de sens devisés, orientant
leurs charismatiques destinées dans une sérénade
d'horizon propice.

De voiles les avenues de prieurés, aux senteurs
d'encens et à la parure exondée, où se lisent les
gravures téméraires,
Des initiations de rêveries à la préhension de toutes
forces comme de toutes ramifications, délibérant la
paix gravitée,
Ordonnancée et signifiée par les épures des
reconnaissances qui ne se spécifient ni ne se
désespèrent.

L'alizé superbe évoquant leurs moments suprêmes dans des allégories dont les refrains marquent les heures belles,
Des cités de granit comme de terres ciselées, dont les gerbes de blé mûr ravissent les voliges nuageuses,
De cris d'oiseaux, aux messagères vaticinations, stylisant les épervières véracités de déploiements glorieux.

Dans la profondeur des effluves des lilas et des roses, des adonis, et des passiflores aux tendres couleurs,
Assistant les étreintes les plus douces comme les plus guerrières, dans la félicité de voûtes se donnant, engageantes,
Pour persévérer l'intelligence des nectars et des pollens, ne se mesurant à l'aune d'un écrin mais bien s'invitant à la féerie.

De la nuptialité comme des épanchements les plus sensés, ne se lassant de coutumes comme d'offices propitiatoires,
Agréant la nature dans ses offrandes comme ses éloquences les plus parfaites, au-delà des abstractions,
Des errances monotones et discordantes, ne parvenant à échoir cette somptuosité du vivant s'éployant dans la vitalité.

Dans une assertion concrète et destinée, charriant les vagues de l'alacrité la plus parfaite, initiant tout horizon,
À la prêtrise et au renom des compréhensions les plus tumultueuses et les plus raisonnées, toujours dans la jubilation,
Dans cette conséquence du savoir qui ne se notifie mais se partage dans la joie, dans la lumière et par la lumière.

Guide de toute définition menant à l'harmonie sans failles, où tous les courants s'éblouissent dans l'ataraxie,

Mesurant l'attrait et le sens de cette propension dans la raison, ne jugeant l'incarnat mais le naturant dans sa divinité,

Son équipage, ce qui lui permet de réguler toutes pulsations et tous désirs dans une désinence tangible ramifiée.

Ouverte sur les mondes, inscrivant sa propre durée comme son propre espace dans le respect et par le respect,

Dans une inconditionnelle vertu précisant les orientations des songes dans le réel et ses armoiries limpides, attestant de l'idéalité,

De sa permanence sans refuge, ne se limitant à la poussière, mais bien au contraire, se hissant naturellement vers les zéniths.

Ouvrant l'hymne à sa flamboyance divine par les exquises parures aux vives efflorescences de manuscrits enluminés,
De tumultes joyeux, où d'épithéliales ingénuités avivent de leurs fruits les temples de couronnements limpides,
Unis et fertiles, soulevant les rythmes des latitudes de la Voie et de ses incantations sublimes, gravitant la perfectibilité.

Comme une danse nouvelle s'appropriant des rites, où les langueurs sont promesses, et les coutumes votives,
De semences de grenat par les pistils des orées aux charmes impromptus, dont s'imprègnent les lys aux corolles altières,
Fécondées de rus, en proie aux alluvions les plus intimes comme aux sillons les plus radieux, dans un concert corallien.

Fêtant des émois et des sens les mystères opalins, où les limpides perceptions se mesurent et se déterminent,
Dans l'or prairial d'histoires nombreuses, aux fastes épanchés, se retrouvant au creuset de mémoires ataviques,
Participant à la noble densité comme à l'aristocrate exigence d'ouvrages nuptiaux, aux hardis aménagements enivrant le paysage.

Délivrant des surannés égarements, dans de volontaires et précieuses conjonctions, aux orbes de la nue dévoilée,
Marchant leurs impérieuses consécrations dans des déploiements prestigieux, où les lacs s'enfantent dans de fluviales prestances,
Coordonnant des sylves les facondes, les honorifiques majestés, et ces pluies d'éden dont le secret arde un séjour.

Mystique, aux frondaisons des rives accessibles, aux parchemins d'ombres et de façades épousant sa moiteur,
Enrubannant d'écumes ses fronts d'ivoire, d'assauts ses gerbes de corail aux conjonctures légères et ouatées,
Que les assurances enseignent, dans des complaisances habiles et suaves, de la fertilité la plus féconde.

Caresse de présages et sonate d'éventails les plus ajourés et les plus convenus, par la prestance magnifiée,
Accordant sur les sites les pluralités exactes et leurs tremplins de joies, où les épousailles se conforment et se devisent,
Dans des affirmations vécues de splendeurs novices, par les troupes, sans errance, allant leur vive transhumance.

Marque de la fortune d'ivres moissons d'apogées aux blondeurs rayonnant le satin d'épices incarnées,
Lavant leur firmament de règnes exondés, dont les correspondances se multiplient, se dégrossissent et s'éblouissent,
Dans des narrations bruissant des volutes chamarrées par les pétales de roseraies torrides, aux tiges enlacées et précieuses.

Couronnant des cataractes de nénuphars et des sèves d'onagre, semant à foison les ciselures des semis de l'été,

Dans une parturition où, navigations, vont des promesses messagères acclimater toute destinée des temps évoqués,

Dévoilant, dans leur histoire, les vêtures précoces s'irisant d'organdis majeurs, devant les empressements distincts.

Âmes de ces temples, où les laves des pâmoisons entonnent, par les silencieux domaines, une prestigieuse ovation,

Fracas à minuit par le parfum des jours jusqu'au zénith, s'élevant et se drapant de diaphanes éloquences,

Que les cœurs palpitent d'émotion et d'adages, aux propriétés infinies, invitant à la houle les contemplations avides.

Tendres élans de nidations précoces, dans les joies de vêtures azurées d'écharpes de cristal, fondant dans les nuées,
De suaves réciprocités aux graciles exondations de rites effeuillés, soulevant les sylves aux parfums d'Olympe,
Pour les attirer vers les souffles magiques et précieux, déroulant par les nuptialités leurs incarnations mystiques.

Prismes d'ornements d'alcôves aux rus de senteurs enivrées, ruisselant des fèves amantes les espoirs et les pâmoisons,
Dans des effleurements dont les pluies sont ivoire et tendres effluves de pures similitudes, sustentant leurs pulsions,
Dans des danses épisodiques et surannées, dénouant les liens des règnes les plus votifs ou consumés.

Dans des rires et des serments, de vastes farandoles aux liserés de pures opiacées, délimitant les sorts et les justes renommées,
Alliant aux rives odorantes les essors qui s'enivrent et se retrouvent dans le firmament des algues ambrées,
Où se précisent les horizons les plus sensibles, et les prestigieuses prières dont les serments exposent la densité.

Marne des glaïeuls aux fougères transcendées délivrant des nuageuses perceptions et des synchronismes imparfaits,
Pour rendre à la pureté ses innocences nouvelles à voir par les temples essaimés, dessinant, par les sphères de la temporalité,
Un domaine dont les cristallisations sont libres essaims des aquilons engendrant la divinité et son étonnant verbiage.

Clameur des œuvres sous le vent, irradiant dans de précises concordances les natures sur les dunes épicées,
De gerbes de lumière et de fastes élégants, que les moiteurs célèbrent dans les péripéties les plus belles,
Comme des plus douces, par les épisodes du vivant œuvrant pour la pluralité des signes et leur épanouissement novateur.

Clamant les oublis des dogmatiques ramures sans éclats, sans étreintes et désespérées qui se meuvent dans l'inconnu,
Se délassent dans le miroir des ombres en attendant de naître à la réalité et ses magnificences combinées,
Dans des larmes de calcédoines et de schistes, dont les inondations sont de symboliques espérances de rêves sans oubli.

Ce jour dans l'union des sourires par les sites, dans une convenance naturelle de labyrinthes dévoilés et adulés,
Acclamés et vivifiés par les semences du déploiement, dans un zénith parfait où nulle déception ne se décline,
Tant d'amour le feu des effusions renouvelées, parlant enfin d'un présage merveilleux se dirigeant vers un séjour inoublié.

Par les stipulations des styles effervescents, des marques désignées, et par l'union des rêves et des sèves,
Leur chœur venant les nocturnes et diurnes désinences dont les efforts se devisent et dont la visitation est écume,
De l'armature de villes fières et sublimes, que la prêtrise récompense, en la comparaissant devant la réalité.

Une réalité ne s'effeuillant dans les disgrâces, les ostentations, et les caches sans destin, où se blottissent les peurs agencées,
Défaites devant la parousie se montrant dans ses profondeurs, ses prestances merveilleuses, se visitant d'eaux vives,
Dans ces flots qui brillent les talentueuses prestations des mélopées ne se reniant, mais bien à l'opposé, s'alliant et s'ornementant.

De naïade condescendante de rimes embrasées, aux fucus bruns de sources enchaînées, libérant un fier essor,
De stances parfumées d'effluves, dont s'abreuvent les amants enlacés dans de pures jouvences apprivoisées,
Inspirant des écrins magnifiés, délibérant leurs stances dans des parures sereines aux embrasements équilibrés.

De la nature les feux de la concrétisation des vœux de l'esprit, ouvert sur la plénitude et ses firmaments exhaustifs,
Dont les prestances sont épervières distinctions aux frémissements divinisés, advenant la joie de l'irradiation,
Consacrée et statuée par la formalisation d'un épanchement satiné que les énergies témoignent de bien-être.

Du Verbe les perceptions des prouesses exondées, apparaissant le firmament et ses houles précieuses et vives,
Alimentant le cœur et ses pulsions, aux éloquences participant à de nuptiales adhérences de carènes fluviales,
Culminant les principes, développant les rythmes, dans de vastes navigations conjuguées de gerbes cosmiques.

Destinant aux vertus novices les appréciations des
œuvres en lagunes, dans de tendres assemblages
épousés,
Hâlant aux paysages des douves de semences,
caractérisées par leurs vêtures marbrées de pluies
empressées,
Recueillies, florissant les palais assoiffés et les roses
glorieuses et les bourgeons éblouis, luisant de leurs
épanouissements.

Mannes de précieuses constellations aux forces
éployées, dont les secrets sont les épures gravitées
des mondes,
Des rives aux sorts conjoints, acclimatés par la
senteur des murmures, des pépiements et des
réjouissances,
Où mêlés, les sourires fleurissent d'amazones déités
dans de vastes passementeries, où délibère l'oiseau
salvateur.

Devin des âges et cil de la magnificence se mouvant
sous l'empyrée et ses préaux, dans une danse
éternelle et alchimique,
Dessinant aux charnelles éloquences les fruits des
émanations du vent, dans une chorégraphie aux
vagues somptueuses,
Déifiant l'immortalité des floraisons ouvragées, où
se tiennent, sans limite, les desseins du firmament
et de ses gloses.

Antiennes émérites s'élançant dans les breuvages
édifiés par les féeries renouvelées des ambres de la
vie dans leur pluralité,
Leur exacte ascension, dissipant les nuageuses
préhensions, pour fortifier les émois les plus
salutaires,
Dans ces transes solidaires aux attachements
extatiques de culminations votives irradiant la pure
délivrance.

Et non seulement la délivrance mais bien la portée
généreuse de l'éternité, veillant sur ses sublimes
achèvements,
Où le feu gravite l'eau, où le ciel fertilise la terre,
dans de mélodieuses comparutions aux odes
assumées,
Ouvrant sur le large des fenaisons de plaisir, des
moissons de devenir, tout un aréopage aux pulsions
infinies.

Gravitant les espaces et les temps dans des rondes
symphoniques, où l'architectonie, sans failles, se
révèle,
Pour épouser la conscience et l'animer à la pure
viduité, que les souffles acheminent après les vastes
promesses,
Et de la densité, et de l'accomplissement manifesté,
nécessaires à la parturition des mondes régénérés et
éclairés.

Venant des opportunités les délices de prairies et de forêts exposées aux fruits mystérieux, libérant des vêtures les sillons,
De l'orbe messager, dans la devise apprêtée des ouragans, dont les varechs répètent inlassablement les règnes,
Mesure s'il en fut des voix douces et suaves, palpitant l'entrelacement des définitions mûries d'une ornementation.

Aux longues effusions de satins, aux coloris diaphanes, exposant leurs souhaits dans une quintessence,
Où surgit le lys embrasement de la profusion des sens, l'haleine fraîche soupirant les émaux des lourdes ivresses,
Accueillies et gréées par des rêves, jusqu'aux sentes luisantes de propos, où se tressent les fleurons de surgeons bâtisseurs.

Inondant de rus le miroir des calices, tandis, qu'onde, la geste se précise, arme l'éden de glorieuses parousies,
Allaitant et drapant le glaïeul odorant déversant la rosée d'un serment, puis sa victoire dans des gémissements enfantés,
Lorsque se lovent en rythme les amandes fières, exposant leur horizon dans des vagues souveraines et tumultueuses.

Jaillissant des sèves onctueuses, profit de saveur dans la chaleur intense des sylves aux senteurs de romarins et de santals,
Où les fruits gonflent de désir, explorant des cimes flattées, glissant de nappes en nappes les écheveaux de prêtrises convoitées,
Dans des chatoiements et des vibrations que le miel épanche aux corolles enivrantes, combinant les semis des lys.

Dans l'horizon splendide, où les épanouissements ne se tarissent, et où les fêtes se vivent dans des livres aux pages effeuillées,
Dans une danse éponyme, dont les cieux revêtent la prouesse des cycles, par la nue des prunelles des regards éblouis,
Dans des frénésies d'ivoire, aux alanguissements composés, déflorant les vitales associations fredonnant leurs diamantaires panaches.

Sources de mâtures aux surgeons délivrés, ruisselant par les citadelles la nacre et l'opale de leurs prismatiques adéquations,
Dont les reflets parlent, messagers, des pluviosités sacrées et offertes, dans une nidation nouvelle à voir et contempler,
Aux attitudes sans ignorance, levant le soupçon des vagues, pour en moissonner les majestés ourlées de vive efflorescence.

Candeur des rythmes où, sans sommeil, se dérive la préhension des mondes par le rubis des aurores de l'ivoire,
Dans le tumulte du soleil, irradiant de ses rayons d'or la douceur exquise de sensuelles éloquences d'airain,
Que la Vie palpite d'un horizon sublime, que la beauté exacerbe à profusion, au-delà des saturnales équinoxes.

Pour d'un solstice s'exposer, fier et souverain, de marbre et d'allégresse, dans la tendresse vénérée de stances éployées,
Rivant la certitude de forces altières enseignant la transmutation d'ordonnances magnifiques se couronnant,
Sans autre devise que celle de la plénitude frappant à la porte des floralies pour en consommer les désirs de partage révélés.

Par haute vague et vaste écume au couchant comme au levant des goémons à midi des temples inscrits, altiers,
Magnifiant la randonnée des alizés se pressant dans les épithéliales annonciations de la nuptialité sanctifiée,
Où s'intègrent la vertu et ses ramifications, où de plénières significations délivrent un parchemin sans errance.

Voyant les pensées des frissons de cantilènes, aux mélodieuses successions, initiées par les sanctuaires parfaits,
À l'ivresse du feu solaire, dans une joie profonde à l'incarnation révélée, témoignant de fluviales prestances,
Où les voix se meuvent, dans de délicieuses prouesses, évanescent les sources et les rus dans une félicité.

Encouragée par la portée des moissons éblouies de tendresse, se manifestant dans des frôlements surannés,
Pour voguer dans la voie volontaire de l'effusion et du don, aux merveilleuses correspondances, se magnifiant dans l'onde,
Témoignant des sagacités, des ouvertures comme des danses, s'inscrivant sur le front de fresques embellies et suaves.

Portées de stances, où les émotions vont les racines de tumultes ordonnés par la plénitude sans soupçon,
Magnifiant la force des songes et la vitalité des médiations dans la réalité, où ne s'estompent les clameurs des floralies,
Bien au contraire, restant déployées, sans autre finalité que l'exultation propice exhortant à la génération des temps du vivant.

Des fruits de la vie dans leurs armoiries, leurs paysages, où le lys est épure et témoignage de pure densité,
Délaissant les prairies pour des partages instruits, dont les mondes sont équipés de fluides rayonnements,
Sacralisant les parures insignes, que les pavillons mènent, pour révéler et concourir à la splendeur des terres épousées.

Enseignant les prestigieuses mélopées des pâmoisons, les illuminations votives et les fondations des signes appariés,
Délivrant la palpitation des cœurs les plus purs que l'union répond, fertilise, et dans la monade de la jouvence destine,
Dans la pluralité, par la pluralité, dans l'intime perception des profusions qui ne se gardent mais se témoignent.

De corolles en sentes affamées, de pistils en ruisseaux, aux douves impatientes, toutes vagues de promesse,
Toutes roses des lilas à la tige des glaïeuls, se mirant de flore en flore pour resplendir le sevrage de la plénitude,
Arborant sur les sillons les vêtures de l'adulation comme des perfections organisées, s'étonnant elles-mêmes de leurs essors.

Dans la clause même de la nature et de ses efflorescences divines, dans ce lac de la subtilité où se mire l'instant,
La frugalité de l'espace comme la variation des univers, pour porter au sortilège l'émoi et sa puissance,
Dans un rythme de semence, où les adventices corrélations sont ivresses de toute course déterminée.

Libre essence de fidèles réunions où se tiennent, sans naufrage, les fastes de l'ardeur et la commune mesure,
De l'enfantement et de ses berceaux, où se désignent les devineresses et les thaumaturges épousant leur sève,
Pour d'un atour embraser les diluviennes suites de l'existence, motrices des téméraires apparitions de l'éternité.

Veille d'avant-veille de l'assomption galactique qu'alimente et perpétue la prestigieuse étoffe du vivant énergétique,
Par cette parure qui est la mesure même de l'ordre et de ses passementeries, où de solsticiales vertus s'épanouissent,
Développant par toutes viduités, par les aires les plus désertes comme les plus denses, une fécondité agréée.

Essaim des horizons les plus doux comme les plus tendres, de la paume des vents la satisfaction solaire,
Comblant ici, d'algues brunes, les subtilités exquises se désirant fenaison de lys, tressée d'une origine amante,
Aux liserés des soifs de la rosée, perlant en gouttelettes éparses, ramifiées d'infini, une éternelle vaillance.

Qu'attendent d'étreintes les douves harmonies de blasons aux sépales glorieux, de sentes aux gloires effeuillées,
Lors des élancements graciles et sveltes, dissipant les fumerolles aux senteurs opiacées de règnes de cristal,
Sous le vol des oiseaux égayés, dont les complaintes s'envolent vers les sphères, pour en attraire les suavités radieuses.

Nées du secret des profondeurs où se situe le lac commun des aventures ouvrageant de villes en sites l'anticipation,
De l'abandon comme du don, dans des entrelacements festifs, où s'agitent les divinités, pour rayonner la flore,
Intelligible et majestueuse, correspondante de souffles habités, aux axiomes majeurs qui ne s'inclinent mais s'éveillent.

Dans la tempérance des joies et dans l'abri suranné des désirs assouvis, où se vivent des présences illuminées,
Clartés de roseaux aux navigations houleuses, aux écumes propices de jeux apprivoisés par les heures savoureuses,
Hâtant de vierges sentences comme des effusions limpides, où l'obscur se tait pour emprunter un chemin de lumière.

Haute force aux préaux sanctifiés, protégeant la fertile conjonction des émaux dont les charmes se lovent,
Pour mieux offrir le nectar de leur sève fulgurante et votive aux palais s'étanchant de leurs souhaits visités,
Tandis que les transes se formalisent, les pas ne s'égarent, mais toujours s'affirment pour en répandre la rosée.

Devise des rets de la pluviosité aux marnes de bronze et d'hémimorphite, de merveille les luminescences qui se fortifient,
Se destinent et se caressent dans des jeux directifs, assortis, célébrant la promptitude comme la tendresse,
Aux royaumes de la Vie et de ses sourires, de ses rires aussi, de ses couplets olympiens, que le ravissement éclot.

Concrétion de la brise et de l'aquilon, de cette tempête des flots qui sème à foison les orientations les plus nobles,
Dans la concordance des fruits qui se savourent, jamais ne s'humilient, toujours se prennent et se conservent,
Pour destiner le rite des épures et la fortification des rimes dans un parcours élégant à la voie toujours renouvelée.

Heureuse de la consomption comme de la pure gravitation des échanges somptueux, drapés d'énamoure,
Conditionnant les reflets ivoirins, les précieuses unions comme les éloquentes voilures s'annonçant dans le crépuscule,
Déjà en lice des prédispositions qui ne s'enseignent, mais naviguent, telles des nefs sur l'Océan de la pureté.

Sans affliction, dans la généreuse coordination des savoirs qui se multiplient, s'officient, et grandioses, s'éveillent,
Par-delà les temporalités pour assurer le devenir et ses magnificences, où les fresques de corail sont marbre de liesses,
D'enfantements, de cristallisations de moiteurs consumées, s'élançant dans une ordonnance parfaite et messagère.

Irisant les exondations des corps safranés aux antiques présences, aux vestales marbrières d'ondes distinctes,
Allant ici les ramures des espèces et la fortification des épanchements, dans des renommées érudites et conjuguées,
Dont le faste est empire, la gravure inoubliée, pour magnifier les convections les plus saines et les plus agencées.

Sans larme dans ce sérail, sinon celles de la pluie du désir, qui intensifie les stances sans regrets de dons précieux,
Par les êtres de ces temps, distincts, dont les incarnations se meuvent dans la sensible posture des devins,
Orientant aux zéphyrs, les amazones prestances dessinant leurs eaux vives par toutes faces comme toutes contemplations.

Signes des éventails qui se façonnent, se prennent et se multiplient dans des incandescences aux limbes ajourées,
Pénétrant les visions de la vertu pour en dévoiler les profondes raisons et les solsticiales jouvences animées,
Où se lovent les prières dans des concaténations sublimes, déversant en geysers leurs joies organiques et sériées.

Sous l'astre sacré des réverbérations lagunaires, par les lacs en semis et les sillons offerts des routes multipliées,
Vivifiées, éclairées et messagères des incarnats les plus doux, dans une féerie attenante à la gloire d'un présent flavescent,
Ivre de pentes et de règnes aux coordonnées magiques, ruisselant la pure densité de sèves immaculées.

Où se baignent les serments, les rêveries arpentées, et les songeries concomitantes, développant des émules,
Dont le style officie, embaume les prairies en demeure, lave le frisson des mousses anciennes, pour libérer la splendeur,
De l'état naturel et de ses fonctions, dans des cantilènes les plus émues comme des hymnes les plus féconds par les sphères.

Sans oubli de la palpitation de la hardiesse des émotions libellant leurs socles par les racines au miel coutumier,
Abreuvant des souffles, aux constantes enivrantes, se suivant dans le labyrinthe des écheveaux dans une course magnifiée,
De galops impétueux et d'échanges correspondants de beauté, naissant des œuvres sans sursis par le labour des temps.

Par les nuées, ivresses de soupirs de vagues, florissant aux terres d'or séculaires les renouveaux de principes culminés,
Dans une parousie de voix, dont les offices se prononcent pour ravir le Verbe et ses thuriféraires démarches,
Sans abîme et sans égarement, sous le regard d'opales, lourdes de promesse, naturant la préhension d'un ravissement conquis.

Romance sans entrave par les firmaments qui ne se conduisent mais se vivent dans la propriété de l'intime désinence,

Dont les agapes sont, de la joie, les appâts les plus acclamés, s'offrant à la perspicacité des savoirs contenus et contenants,

Ouvrant leurs portiques aux dimensions idéales de la pérennité et de ses voiles d'azur comme d'orichalques fascinants.

Insignes de tremplins où se sillonnent les embruns et les clartés les plus vives, afin de naviguer dans la plénitude,

Dans cette prestance lumineuse ne se révélant que lorsque le don devient, est et rayonne dans sa dimension exacte,

Ouvrant sur le large ses bénédictions les plus ouvragées, comme les plus spontanées, surgissant par l'immensité leur couronnement.

V

Clameur des cils à mi repos, aux goémons bruns et doux, sinuant les frissons des rives des étés, aux marches éthérées,
Par les mers ancestrales, les Océans divins et les oasis sans troubles des perceptions épithéliales et surannées,
Convenues des joies, paraissant le degré vivant dans ses causalités, ses flores et ses douves rehaussées de rêve et de songe.

Voici l'oasis des bains diaphanes et immaculés où resplendissent les corps parfumés, dans la moiteur des règnes,
Les uns en attente des fenaisons dont les écumes sont leur moisson, dans la précision de gestuels engagés,
Les autres aussi purs que les lys s'ébattant dans la houle des harmonies, où se tiennent les coryphées aux montures argentées.

Cyclades des passions, dans la chaleur des hymnes développés et suaves amenant la maturation des orbes acclamés,
Aux éveils spontanés, épousant des statuaires aux fèves adamantines, dont les royaumes sont des calices,
Par les vertus des signes, constellant leurs offrandes de nectars apprivoisés aux seuils de sentes odorantes.

De sillons et de conques aux festives langueurs, comme aux ascendants merveilleux, que les souffles n'épuisent,
Toujours enhardissent, se prêtant au jeu des féeries les plus douces et les plus avides dans des chœurs somptueux,
Alourdis de gazouillis, se répandant comme des nuées dans des jets de cornaline et de perle, où s'abreuve la majesté.

De nymphes et d'éphèbes, dans une volupté amène advenant les courbes de dais frissonnants de la ronde des saisons,
Où l'imaginaire se tait pour répondre les sites de l'union des sens, où le firmament éclôt sa sensible éloquence,
Épousant chaque rite dans des gravures au rythme magnifique, allaitant la nature de ses métaphores les plus plaisantes.

Là, ici, plus loin, délaissant le satin des étoffes, les mille parchemins des voix et les enluminures des songes éveillés,
Pour apparaître dans sa nitescence l'adoration de ses abandons les plus inestimables comme les plus désintéressés,
Agissant la pluviosité du plaisir de denrées inépuisables s'enchaînant dans des fresques torrides.

Chamarrées de cycles de jouissance et d'œuvres, aux lames de fonds, inondant de somptuosité leurs éclats,
Dans des gestuels sans parodie, se ressourçant par les intimités précieuses, les plus profondes comme les plus exaltées,
Où s'en viennent les merveilleuses maturations de la création, dans d'exacts partages, par les orées salutaires.

Dévoilant, des douves, les paysages fabuleux de la reconnaissance de chaque instant comme de chaque fête,
Dans une correspondance ultime se manifestant par l'alizé, dont les émanations se tressent de vertiges manifestes,
Orientant les secrets écrins dans leurs floralies comme leurs apothéoses, vers l'harmonie et ses fières randonnées.

Multiples par le règne, où ne se soucient des draperies l'hymne et son refrain, tous deux de partage grandiose et infini,
Résonnant les palais offerts et assoiffés de la sérénité la plus vaste comme la plus accomplie par les rites propitiatoires,
Où les sanctifications ne s'épuisent au premier rameau, mais amplifient leur dessein dans des jouvences inlassables.

Conte des sites de ces hymnes dont les figures sont symboliques de toute régénération comme de toute existence,
Ne se brisant dans l'alcôve, mais se poursuivant indéfiniment par les alluvions les plus ivres comme les plus tendres,
Manifestant les coordonnées de la distinction élémentaire, dont les conjonctions adviennent toute pérenne demeure.

Aux rives des floralies allant dans des
embrasements les marches des conques où
s'épanouissent les ambroisies,
Aux fluidités jaillissant l'expression de la formelle
magnificence, aux propices délibérations attisant la
nuptialité,
Ses nuages diaphanes et ses écrins rapides et sûrs,
perdurant le tourbillon vif de votives ritournelles
sacrées.

D'un livre la raison, aux chapitres d'offrandes se
répétant sans se lasser dans une définition ne se
démontrant,
Mais se vivant dans l'ascension, la viduité la plus
éprise et la plus prise, dans des élans porteurs de
royaumes,
Où s'ébattent les cygnes dans des lacs de lumière et
dans de grandes farandoles aux douceurs
épithéliales.

Condition des temps assumés, naviguant, toutes
voiles dehors, vers les Îles de la joie et leur ambre de
souveraineté,
Par l'aptitude de la volubilité ne se dérobant sous
les cieux irisés, pour certifier sa saine et concrète
densité,
Sa suavité dont l'orbe est prêtrise de lieux soulevés
d'ondes superbes, ne s'inclinant mais se dressant
vers l'immensité.

Jeux de mâtures aux proéminences parsemées de diamantaires effluves, aux ornements lourds de promesses,
Échéant, des paroles et des émois, les incantations les plus significatives comme les plus corrélées par l'algue d'un soupir,
La grâce et la pluralité de mondes qui s'exposent et se renouvellent au firmament des demeures éveillées.

Sentes de soifs nouvelles et de soieries dans le préau des caresses du vent porteur, aux moiteurs d'ondines,
Dont les grâces se profilent devant l'aménité des amazones désirables, à la prière sereine, évadant les brumes le soleil,
Pour, d'un épanchement, renaître la force et ses rayonnements, par les blizzards et les autans mesurés.

Chorégraphes de mondes et d'univers régissant de vifs éblouissements de chrysalides légères et ouatées,
De broderies, à la somptuosité dont les ébats sont concrétisation de tous développements comme de toutes déterminations,
Par mille vaisseaux carénant leurs portées d'extases les plus fortes par les voies de sérails impétueux et solidaires.

Révélant la mesure de tout détail des alacrités, aux élancements se prononçant dans des gloses énamourées,
Marbrant des parures étonnantes, des douves d'agates mûres et sûres déferlant leurs rubis dans des pâmoisons,
Où se retrouvent l'innocence et la limpidité, dans une course azurée, réconfortant les voyages de toute génération.

Des équipages les vertus de fiers haubans, s'épanchant dans des hymnes, dans des mélodies insoupçonnées,
Haletant de fauves escarpements aux orées des frissons les plus voluptueux, dans un message magnifié,
Habile et couronné, déifiant la semence des règnes et de ses contemplations, sous le flot de houles profondes.

Dans un sort magique, aux scellés inoubliés, évacuant les confusions, pour, dans la liberté sans naufrage, reconnaître l'unité,
De la vie en la vie et par la vie, dans ses éloquences comme dans ses compagnonnages, dans ses voies comme ses rites,
Délibérant par les sites un partage permettant de se hisser aux témoignages du fluvial appariement de l'Éternité.

Présence sur les limons de sèves arborées par la ténacité des flux et des reflux des univers concomitants,
Dans leur relation comme leurs inters relations les plus harmonieuses, que les stances ivoirines correspondent,
Pour offrir, dans les nuées, les prestigieuses éloquences de passementeries glorieuses les plus éthérées.

Où s'inscrit dans la profondeur des sillons, l'oracle, au sens de la profusion des rythmes, de connaissance intime,
Déflorant les nombreux enseignements des promptitudes de l'ornementation seyant à l'apprentissage le plus étincelant,
Concordant les racines des armatures fidèles de la compréhension la plus informée, essaimant les sphères conjuguées.

Où l'onde est un rescrit se formalisant dans des gravures élégantes et fidèles, où se meut la puissance de l'allégorie,
Celle qui se consacre dans ses termes comme dans ses limites, qui sont ceux de la beauté toujours et encore charmée,
Décimant les intégrales prostrations, les maladives errances, les enfantements sans réalités, toutes votives désincarnations.

Se nanifiant devant la concaténation se révélant dans le parcours des oasis et des îles merveilleuses qui s'apparentent,
Se magnifient de leurs sources et de leurs blondeurs, de leurs tumultes et de leurs joies, dans des effeuillements lascifs,
Où se répondent les ententes, et s'officient, dans la prestance, les gestuels qui désignent le don et ses immortelles candeurs.

Œuvrant sans naufrage, délaissant les pusillanimités dans les écrins de l'oubli, pour favoriser l'épanchement gracieux,
Par toutes formes comme par toutes raisons, de l'ensemencement des gerbes de corail, aux geysers de firmament,
S'élevant vers les augustes parousies de la plénitude, marbrant de leurs élytres nervurées des fruits divins.

Aux souffles d'organdis de pétales nuptiaux, dont les roseraies sont frémissements de glaïeuls phosphorescents,
Aux natives couleurs denses, rendant tout honneur comme toute gloire aux semis des embrasements initiés,
Hâlant vers le sacre les prêtrises de la renommée, et de leurs âges de corolles somptueuses, pour délivrer leurs navigations.

Ici, là, plus loin, au-delà des précipices, toujours en veille des pluviosités ne s'égarant, mais toujours s'affirmant,
Dans des transes amènes, dont les respires sont des antiennes les refrains composés de toute divinité ne se statuant,
Ne s'immolant, mais se générant pour ordonner la grâce et son immaculée occurrence dans des règnes équitables.

Essences des propos, et rimes des accueils dont les desseins sont miroirs de colonnades antiques aux soieries profondes,
Où musent les substances les plus mélodieuses comme les confirmations les plus habiles, afin d'attraire,
Dans de florales injonctions, les assurances de flots houleux pour les drainer vers les aquilons de l'aristocrate splendeur.

Manifestant des villes fières d'émaux lovés de fertile semence, irradiant, aux préaux des carragheens, la venue de toute sérénité,
Par les rives apaisées s'odorant de l'ineffable parfum des jeux de souffles aux bruissements opalins et merveilleux,
Dont les cycles natifs d'écharpes sablières, sont témoins de ces Océans de feu consumant leurs vagues solaires.

Où se retrouvent le présent et ses magnifiques
éventails, que les fruits perlent de ramures de sens
renouvelés,
Constellant les gravitations des flots dans une
jeunesse comme une maturité des plus vivantes et
des plus affines,
Soulevant des faisceaux de lumière dans le cœur et
ses émois, devisant leurs émanations attraites les
plus sublimes.

De voix en voix, répons des ardeurs et de leurs
mystères couronnés, par l'apprêt des bronzes
solidaires,
Naturant des œuvres de statuaires infinies, au
dessein ancré par la grâce et ses harmonies et ses
couleurs,
Ses éloquences et ses dires, hâlant les vertiges des
exhalaisons dans une symbiose téméraire et
exaltante, livre de la conscience.

Enchantant de ses galops fougueux et intrépides les
plénitudes conjuguées et les assouvissements de
l'hymne épanché,
Devin des fucus à midi dans le brouhaha des règnes
se lovant de pluies d'éden aux communions
profanes et intimes,
Inondant le paysage de leurs flammes altières où se
pressent, en théurgie, les ramifications les plus
douces et les plus tendres.

Délaissant, des laves de l'écume, les schistes voluptueux pour renaître dans le berceau des corps la fertile abondance,
Où légère, se tient l'assemblée aux frontalières aisances, magnifiant le sort d'une correspondance façonnée et courtisée,
Pour naître cette forge à l'éblouissement de ses consécrations fractales et divises, indivises et assorties.

De limbes hier, ce jour de cimes et d'irradiations, où les métaux précieux fusent des reflets de luminosités,
Des forces vivaces et fières, manœuvrant par les lices les nues épousées et sérielles de fresques étonnantes et magnifiées,
Éclairant les sites de vigueurs comme de tendresses parsemées, dans de nébuleuses matrices de sphères de joie.

Allitérations de breuvages nacrés, où s'en viennent se rassasier les plantes antipodes de nectars de miel merveilleux,
De jouvences impartiales aux demeures nuptiales, dérivant les plaintes de brouillard des coryphées, aux fulgurances natives,
Coordonnant les rives de myosotis de chatoyantes félicités, dont les frémissements se correspondent et s'enhardissent.

De prières de songes, comme de visions de rêves aux draperies de titan, de vagues ne se figeant mais s'unissant,
Dans des ondes visitées, que les stances ne lamentent mais sourient devant la pertinence des dons se multipliant,
Des offrandes se stimulant, dans une navigation stellaire aux propriétés fluviales ordonnant tout désir à l'assomption.

Spécifiant, des îles sous le vent, les plages d'azur fermentant les destinées dans leurs stances les plus écoutées,

Les plus flattées comme les plus pénétrées, pour en absoudre les danses dans une énergie s'élançant vers l'Éternité,

Où se tiennent le lieu et la divinité, et son adage que tout un chacun ne peut seulement contempler mais bien communier.

Dans le Verbe et par le Verbe, en ses roseraies les plus intenses comme les plus apparentées, dont toute voie magnifie le prestige,

Dessinant aux eaux vives ses fortifications, ses écrins, ses envergures et ses multiples sentes de gloire,

Stabilisant la certitude de la parousie et de ses détails les plus conséquents, marquant ainsi son vœu de destin illuminé.

Préhension des cycles sous le vent, de gratitudes aux essors conférant à la sereine vêture de l'aménité et de ses sillons,
Dans la mesure des rapports ouverts sur le pérenne langage de l'estime et de ses orbes scintillants de perles de rosée,
De livres de cantilènes, aux efflorescences spéculées, se magnifiant dans des arrangements, appelant à la pure déité.

Convenue sous les ramures de cristal des désinences, que les flux et reflux mènent vers cette réalité intime,
Ce frisson des voies nouvelles aux agencements irremplaçables, couronnant de leurs élégances les parchemins vivants,
Dans de grandes festivités, où l'or cosmique propulse, par ses rayons, les fières densités de l'enivrement conjoint et stellaire.

Animant de ses rectitudes les consomptions les plus belles dans des lacs sycomores, où se fortifient les vœux,
De danses épousées, aux adages déflorés par l'empressement de douves situant, par le langage, les vives péréquations,
Décimant les hivernales langueurs, pour les tresser d'émaux dans le vertige des adulations aux moiteurs ultimes.

Maîtresses des flots se délivrant dans les règnes les plus drapés comme les plus épicés de rêves et de songes,
Aux caducées des ferveurs, où les sites s'éblouissent de magnificences et d'aubades aux renoms inscrits et exaltés,
Dérivant leur prononciation dans des béatitudes consommées, où le Verbe ne se rit mais s'éploie et se déploie.

Pour d'une fresque délivrer les complaisances des charnelles féeries, que les ondes enseignent, vivent, et félicitent,
Aux orées douces et miellées de pluvieux artifices s'épanchant dans la nue des rives les plus apprivoisées,
Pour assister la différenciation dans ses épithéliales efficiences, où se tiennent les lys à profusion et leurs gravures enfantées.

Libre arbitre des saules et des conques aux majestés des lagunes, délivrés des semis des blés et des arachnides desseins,
Afin de naturer dans la préciosité et la transparence la vive éloquence d'un printemps et, par les chemins, la présence d'un été,
Soulevant des abîmes les pures déifications où se retrouvent, sculptures embellies, les édifications les plus sublimes.

Pour partager le sort de la douceur des vagues et des houles, des fraîcheurs océaniques, et des sables d'orichalque mystérieux,
Dans des frénésies votives, où se mêlent et s'emmêlent, dans un ballet joyeux, les émanations de la pluralité en voie d'exondation,
Par le serment du don et de ses forces, éveillant chaque préau des goémons d'un soupir galvanisé et fertile.

Devise des instants, dont les marches mènent vers le temple de l'immensité aux abords granités, éthérés et répandus,
Où se nantissent les transes pour en épuiser les atonies, les circonvolutions méthodiques, les oublis incertains et puérils,
Toutes façons d'ouvrages inachevés n'ayant de propriété dans la nef de ce lieu, où la densité est exacte ascension.

Et des êtres en moisson, et des souffles en fenaisons, dans des ramifications mélodieuses où s'entendent les lyres,
Dissertant des hymnes aux épures gravifiques, étincelant les rivages de symphoniques prestances écumées,
Naviguant vers les Îles du bonheur et de leurs solsticiales vertus, dont les initiations perdurent la nature profonde.

Présence de rives mûries, que la distinction des
sorts et l'élégance des miséricordes naviguent dans
de vastes farandoles,
Et des équipées labiales, parures d'ondines, où se
convertissent les fruits d'or de vives stances
émerveillées,
Dessinant des alcôves de jouvences impériales,
précises et coordonnées de sèves jaillissant toute
conquête idéale.

Clameurs dans l'éther et ses festivités les plus
douces et les plus tendres, dans des joies advenant
la sereine grandeur,
L'Harmonie et ses voûtes prestes, où se lisent les
consomptions et les nidations exquises, volages et
pharamineuses,
D'actes sans sursis par l'aube et ses prouesses, par
les ondes advenues et les cœurs palpitants que le
désir nature.

N'isole, ne fourvoie, toujours alimente afin de régner
la caressante et belle éloquence des attraits nobles
et impartiaux,
Révérés et satisfaits, éblouis et agrémentés, dont les
ramures s'éparpillent dans des gerbes de feu et de
cristal,
Dans de fières écumes, levant leurs fronts hauts
vers les crêtes les plus denses, les plus héritées
comme les plus vitales.

Millénium de signes et de stances où les grenats, aux vertus majeures, s'enfantent de ruisseaux, où les nymphes se baignent,
Dans des miroitements de vêtures magnifiques, des draperies aux rimes de cristal et de schiste de glaïeuls,
Téméraires et moites, aux frondaisons des lys, aux opérandes majestueux dérivant, des nefs, les calices et leurs vertus.

Toutes forces stimulées que l'espace déploie, de navigations en navigations précieuses, par les pluies couronnées,
Voyageant, de rives en rives, pour porter les nouvelles de l'ambroisie et de ses semis lactés, où les roses perlent des augures,
Des horizons hermétiques, dont parlent les sages dans les avens aux douceurs ruisselantes de gerbes arraisonnées.

Manœuvrant, attentifs, les prémisses d'enhardissements aux écloses conjonctions de frémissements,
Dans la chaleur des souffles et dans l'agilité des algues, aux mesures ouatées de magistrales épopées pérennisées,
Conditionnant de marnes élevées les corolles de nénuphars et les tiges de roseaux aux arborescences natives.

Convergence de cygnes aux vols chamarrés, dont les coutumes se livrent aux abordages les plus prononcés,
Arrimant, de leurs symphoniques élégances, les poudroiements de chariots de feu clamant leur appartenance vitale,
Dans une floraison de firmament, dans un indicible désir de don, qui est offrande réverbérée dans l'infini de danses épousées.

Laves de l'Éden aux armoiries colorées par les miroirs des chaumes et les alanguissements des floralies,
Où se fertilisent les épanchements novateurs, sondant l'exultation et ses lumineuses perfections harmonisées,
Annonçant les ivresses des promesses, et par-delà leurs serments, le mérite de la légèreté et de ses parcours adventices.

Prononçant, par les sphères, les plénitudes enivrées, enlaçant les festives harmonies de gloires précieuses, assumées,
Dans des liesses amoureuses, dont les caresses sont détails de toutes symphoniques jouvences acclimatées,
Inondant de leurs rus les magnificences des raisons engendrées par le mobile des révélations d'une geste exemplaire.

Ouvrant sur les âges, aux rayonnements tumultueux et lumineux, des sources immaculées, d'ondes transverses,
Eveillant ces floralies hâlant les paysages de sources de romarins et de lauriers par les brumes des saponaires,
Délibérant le firmament d'attitudes écloses de règnes transcendés joignant la jouvence la plus merveilleuse.

Où s'entendent les cris des oiseaux lyres, les pépiements des roses et l'antienne des roseaux, aux accouplements,
Lascifs et beaux, sous la rosée ardente des matinales effervescences, que les symboles paressent de divertissements,
Dans des nages fertiles, où la prononciation des vœux s'irise dans de chastes volutes embrasant les moissons divines.

Du cœur à corps des fleuves antiques, aux mélopées de vertigineuses entrevues, que les fêtes vivent dans la clarté,
Dans cette expression où les yeux s'éprennent des reliefs les plus doux, s'enseignent des émotions les plus limpides,
Pour glorifier la Vie dans ses arts, dans ses pulsions, ses novations et ses équipages les plus dignes.

Mesure de la justesse déployant ses oriflammes par toute vêture des cieux sous le sourire de la vague se ployant,
Se déployant, venant la majesté des signes et des horizons aimés, dont les souvenirs sont sans masques,
Dont les présents sont des sorts où la magie s'invente de pures gradations, comblant les lagunes votives.

Incarnant par les prieurés les sèves à midi de nefs glissant, de houle en houle, pour s'approprier les verbes et leurs feux,
Ces catalyseurs dont les œuvres sont de festives innocences, qu'approchent les faunes et les nymphes,
Pour s'en abreuver, dans des émois exultant des plaisirs aux innocences gravitées et perceptibles par le perfectible.

Ce souverain proverbe, aux puisatières résonances, emplissant les cieux de ses nuageuses et prestes conjonctions,
Allant venant les nectars avides pour en révéler les dômes et les abysses, dans des chorégraphies que le cil participe,
Voyant des heures le salut du labour, gréant par les multitudes le développement d'un savoir unique et précieux.

Ultime et précis, coordonnant toutes faces dans la synthèse d'une permanence dont les identités sont correspondantes,
Par-delà les marginalisations, les comptines à dormir debout, et les malveillances congratulées par la jalousie horrifiante,
Ces reîtres de l'inconsidéré comme de l'indistinct se désignant dans les limons des tourbes comme des déserts insolubles.

Tant de vanité dans les cales de leurs regrets, dans l'antithèse, dans la dénégation et le soupir d'une incapacité,
Clamant leurs soupirs de potentialités inexactes, et de rancœurs inavouées, fécondant le néant et ses abstractions,
Dont les royaumes sont rescrits de prêtrises oublieuses, de renoms sans la moindre sanctification.

Car tout de mémoire spéculée, où les oasis se perdent pour des aventures fracassées, où les liens n'agissent,
Ces liens de la Vie que la Vie toujours révèle par les allées et non les ronces, par la droiture et non l'abnégation,
Dans de cérémoniales envergures que les consonances étreignent dans l'azur pour les porter aux voussures de toute félicité.

Draperie de mauve inclination, aux ornementations délicieuses par les lieux des rubis, aux prestances habiles,
Aux odorantes préhensions, ruisselant de tendres mélopées, vastes des préambules de configurations légères,
Dans la moiteur de conviviaux élytres aux destins accomplis, renouvelés, déjà présents dans la lumière égayée.

Alors, qu'en lices, s'offrent aux bains de rosée les enthousiasmes les plus tendres dans des joies certaines,
Guidant les pas des styles comme des rimes émondées aux jardins de la féerie et de ses ambres familiers,
Devinant aux pénombres les lacs en parcours et les fenaisons mystiques des ouvrages magiques où s'incarnent les astres.

De flores les habits de monacales ouvertures qui s'ébruitent dans les lianes fauves des respires, oubliés,
Par les complaintes messagères, activant les sens de la plénitude des lys aux farandoles calcinant les varechs en soupir,
Dans de hautes fresques de couleurs, aux ondes émerveillées, dont les stances frappent à la porte de toute génération.

Vigilante et contemplative, les yeux magnifiés par le couronnement limpide des limons, attraits par la splendeur,
Ses retentissements et ses impassibles mystères, où s'élance une aubade pour en situer les pérennes langages,
Dans des syllabes aux architectonies rayonnant les astrales obligeances de douves armoriées et majestueuses.

Dressant des équipages de fanions sur les mâtures inspirées par les vents légers et les aquilons tempétueux,
Irisant de leurs fortunes les conques et les sphères aux diamantaires bosquets, dont les profusions languissent,
Appellent, et dans les termes se satisfont de corolles en corolles, de pinacles en pitons dans des danses nacrées et fières.

Aux textures nouvelles d'appâts, aux empreintes les plus solides comme les alvéoles les plus mélodieuses et sûres,
Conjuguant de fêtes à midi les regards déployés où les fastes sont, de la nature, les offrandes de moisson,
De cette moisson inscrite et intrépide, de cette moisson infinie et suave entretenant les sérails en attente.

De pluviosités sans égarement, de prestiges consumés, de forces et de désirs par les méandres inscrits,
Aux fastes de rescrits des empires navigants, tels vaisseaux, les ardeurs de la plénitude et de la sérénité,
Devisant le sort olympien, ses mesures acclamées, et ses délicatesses ornées de fleuves aux parures étincelantes.

Gravitant les essaims des lauriers d'une victoire sur les songes comme sur les rêves, pour témoigner de la réalité,
Dans sa vêture ravie déroulant par les chemins de lumière la prestigieuse correspondance du don vivant,
Déflorant les citadelles de marbre et de schiste, pour en activer les phosphorescences votives et développées.

Anéantissant les feuilles du granit dans la poussière de plages mordorées où s'embellissent les ondes de l'Esprit,
Coordonnant les étreintes du vivant, dans d'amazones stipulations, où se retrouvent, dans l'unité parfaite, les êtres de ce temps,
Échu, redevable de la majesté de la perception aux distinctions majeures graduant ses coordonnées d'appariements sublimes.

Préambules de roseraies aux effluves odorantes relevant des apogées les engagements de l'annonciation majestueuse,
De la raison dans ses étourdissements, ses novations, ses rebelles incantations, mais aussi ses disthènes somptueux,
Où s'en viennent boire les pensées les plus belles comme les plus féeriques dans une précieuse concordance.

Exultant, devant les essences du firmament comme des fruits vertigineux, les courses prononcées de la pure beauté,
Dans la jouvence des précises constellations, où les règnes en semis sont profitables équipées de prunelles éveillées,
Alimentant d'une ovation les forces les plus graduées de sérielles caractéristiques d'affluents aux rives adaptées.

Perdurant et s'associant, pour forger par leurs parcours les fortifications élevées manifestant leurs ors scintillants,
Par-delà les crachins les plus nacrés, les nuageuses perceptions, les assombrissements les plus ardus et fauves,
Afin de toujours guider le voyageur, de sources en sources, vers le rubis des cœurs qui palpite le sens de l'horizon.

Naturant de la liesse ses éléments gravifiques concernant les mille et mille désignations des fructifications vivantes,
Correspondant les pluviosités des frugales adaptations, aux formalisations les plus denses, où se tient le chant,
Pour manifester ses refrains dans les limbes les plus extrêmes, par les césures des esprits cloîtrés, dont le monde aspire à la liberté.

Haute vague par les parchemins enseignés, dont les épures sont des silences mais aussi des dires composés,
Dont les vastes farandoles évacuent les rides et les rimes amères pour embraser dans les limites l'essor conjoint,
Permettant d'aller au-delà des îles monotones, des stances imaginaires, afin d'offrir de nouveaux paysages éveillés.

Dessinant sur les eaux limpides les participations d'ondes évolutives et engendrées, aux calmes résonances,
Destinant les initiatives à la plénitude comme à l'intégration la plus noble, dans une affirmation solidaire,
Développant, par ses idéogrammes, les prestiges de sites novateurs élémentant la certitude afin de l'éblouir d'un sérail igné.

Où le sens perdure dans des notifications qui ne se présagent, mais s'absorbent les unes les autres afin de parfaire,
D'inscrire dans la volition, le courage de s'élever vers les propriétés induites de la permanence la plus loyale,
Comme la plus densifiée, où s'arraisonnent les pluies du corail comme les cris des oiseaux intrépides aux festivités accomplies.

Narrant de leurs voix les pluralités et les finesses distinctes, les sacrifices et les dons des cataractes honorées,
Pour en correspondre les degrés d'une éternité aux votives évaluations, où s'ordonnent le fruit de la distance et sa raison,
Dans une coordonnée symbolique, que régit la perfection, pour tendre sur l'horizon ses déclamations azurées.

Prédisposant les attentions des vertus aux amènes indications, dont les vêtures de basalte sont mélodies engendrées,
De symphonies déclaratives d'une efficience naissant les ornementations cristallines, où se devine la tempête des ébauches,
Et le frisson des vagues altières, que les mémoires enseignent de propension unitaire par leurs faces rayonnantes.

Écrins des époques et béatitudes des termes, dans les douves acclimatées, où les sèves sont enthousiastes circonvolutions,
Hissant des rêves les féeriques mesures du déploiement en ses précisions comme en ses contingences,
Vêtant l'hymne dans ses ramifications, par les marges septentrionales, de flores aux admirables passementeries.

Dont le songe ici ne fuit, mais se délivre dans les prairies les plus suaves, aux délétères incantations accueillant l'empyrée,
Où se révèlent les armées magnifiques s'élançant vers les gravitations novatrices attendant, l'écume et la houle,
La vague majeure délivrant de ses runes les propriétés exactes permettant de voir l'élévation générée.

De carènes aux éléments vitaux se coordonnant dans des ramures aux fresques lisibles, développant leurs courbes effeuillées,
Accentuant les principes comme les clameurs empiriques, pour les révéler dans les tresses ordonnées par l'aquilon,
Naviguant, de ses rumeurs et de ses humeurs, les fruits de l'éternité, pour sillonner de solennelles splendeurs.

De nuit comme de jour, comme par-delà le temps, comme par-delà l'espace, où les multiplicités sont fécondation,
Grandeur sans opiacée de règnes, où le tourbillon nourrit les propos pour arder de ses rayons puisatiers,
Les sciences acquises, et celles en voie de la révélation et de leurs surfaces, où s'agencent les perfectibles consécrations.

Magnifiant le présent dans d'exactes considérations où le Verbe ne se parodie, où la parole est éloquence du frisson,
Et des rives déflorées, et des âges diluviens, et des cérémonies de l'aube, dont les échos phosphorescents se ramifient,
Poudroyant les sphères de routes à prendre, de sillons à engendrer, de flots d'ivoire à vaincre et parsemer.

Par-delà les fortifications et leurs suffrages, leurs fanions et leurs adages, l'horizon toujours estompant les demeures,
Afin de cheminer, que ce soit dans le silence comme dans le brouhaha des voix, vers les latitudes comme les longitudes éblouies,
Où s'enfantent sans regret la vaticination, et, dans la mesure de l'ordonnance sacrée, la reconnaissance indivisible.

De toutes voies par la voie consacrée, canevas des nids de cinabre allant les sanctifications des espoirs de prieurés passionnés,
Insinuant leurs écritures sur les pages de fresques courageuses par la temporalité aux étendues indescriptibles,
Dans ces charnières ouvragées des passages aux portiques sans naufrages assistant les opératoires effusions agissantes.

Nées des réflexions des vivants aux pulsations vitales, se visitant et assurant leur pérenne conduite par les innombrables univers,
Où s'irisent leurs nefs pour se positionner, reconnaître, élaborer et créer dans la création elle-même,
Les mobiles de la constante de toute genèse, dépassant l'aven et ses formalisations, l'abîme et ses forces duales.

Allant le respire des primitives essences afin d'en éclore les degrés évolutifs et leurs marques considérées,
Dans la sagesse de la précision, de l'architectonie qui veille inépuisablement sur toutes forces dirigées et conçues,
Afin d'offrir toutes formalisations au potentiel de transcendance de chaque poussière d'étoiles par le levant des floralies.

VI

Essence de la joie et du Verbe dans la mesure du firmament aux flores épanouies et leurs effluves odorants,
Dont les allitérations animent les fertiles ovations par les orées les plus somptueuses des terres propulsées,
Où le fruit s'invente et où la félicité se répand par toutes sources dont les frondaisons sont fenaisons de moissons.

Ouverture à la plénitude sous les auspices nous menant vers les caducées impériaux, dans les limites ornées,
Là, ici, plus loin, dépassant les remparts crénelés et leurs instances de préservation pour nourrir le firmament,
Dans une continuité renouvelée nous portant vers les astres intrépides et leurs corollaires aux écheveaux habiles.

Dont nous voici, ardents chevaliers de conquêtes agiles, aux armures étincelantes, armoriant le cristal de la saison,
Dans des enluminures sauvages ou tendres, toujours parsemées de victoires et de gloires accoutumées,
Révélant les mantisses de l'ivoire et les sacres du jade, aux opalescences des miroirs de satin des cœurs bien nés.

Distillant dans le secret des mémoires les artisanales conjonctions, où les émotions vont, de rives surannées,
Les éclosions participant à l'éblouissement fractal, aux coloris chatoyants et aux éclisses de multiples corrélations,
Habitant les nefs de sources d'étendards, aux aristocrates distinctions, parachevant les cycles de la volition.

Ici, là, plus loin, par les épanchements des gravités et les perfections ne se lassant d'arborer la sereine concentration,
Des émules de la grâce et de ses oasis distincts, aux marnes enchevêtrées de limons reconnus et parfumés,
Par la florale interdépendance des œuvres en état, ne se lamentant, ni ne trouvant sursis devant les émulations les plus profanes.

Car gardiennes des sérails aux éventails de féeriques instances, révélant l'ornementation de l'espace comme du temps,
Ces monuments de la fierté, non du paraître mais de l'Être, dans son abnégation, sa faculté de don et d'abandon,
Son inénarrable constance qui est celle de la compréhension dans tout ce qu'elle renferme de persuasion.

Afin d'aller par-delà les voliges des instants factices pour en amenuiser les remparts et en styliser les conséquences,
Dans des arbitrages dont les fastes sont racines des pluviosités sacrées, et de leurs rayonnements par les temples,
Aux nefs de cristal, aux parements d'améthystes, aux frontons d'obsidienne, aux arches de lilas et de jasmin comme d'olivier.

Dont les péristyles se dressent vers l'infini pour graver sur l'horizon les orientations les plus concordantes des épreuves,
Celles permettant de saillir l'Éternité et d'en révéler les pouvoirs dans des ascensions aux culminations magiques,
Alimentant, de leurs assauts fougueux, les pluralités exondes des liens précieux distillant des émanations perspicaces.

Ardant de leurs souhaits les divinités dans des
embrasements telluriques aux conditions les plus
limpides,
Hâtant des embruns naguère la disparition, pour
faire place aux entités supérieures découvrant avec
talent et maîtrise,
Les difficultés à vaincre pour que le sens de l'exploit
ne se témoigne plus que dans la parure nécessaire à
sa parturition.

Celle des mondes dans leurs éclats, dans leur
ordinaire vêture aux talismans épanchés et aux
organdis rayonnants,
Enivrant des foules à propos de Peuples bâtisseurs
aux efficiences, par leurs racines, de toutes
dissipations,
Et des méprises, et des soucis incarnés par les
chœurs oublieux, dont la tenue se tait devant leurs
origines étincelantes.

Prélude des orbes à midi par les fenaisons des rives exondées, où se mirent les ondines et les nymphes gracieuses,
Nous venons ces règnes aux souveraines appartenances et l'éclosion de nos cœurs palpite l'horizon joyeux,
Il n'y a ici, aux penchants de l'aurore, que le miroir des réalisations les plus nobles dont nous devons prendre la route symphonique.

Pour hâler par les chemins de brumes les éclaircies nouvelles à voir et essaimer, par les portuaires éclats stellaires,
Les compositions aux sources des roches de granit, de livres de schistes comme d'ébènes fluviaux incarnés,
Par les semences des lilas et des pourpres bastions, aux tragiques inversions polaires, manifestant des ondes éphémères.

Où notre ouvrage se poursuit par le temps comme l'espace, dans les féeries de sylves accueillantes et de marais diaphanes,
Où se lit la vertu messagère, assombrie certes, par les assemblées ne pouvant tempérer et juguler l'oasis oublieuse,
Le sens de l'évolutive conscience jamais ne se perdant dans leurs rimes affaiblies par les moiteurs réverbérées.

Hymnes aux parures écharpées où se façonnent l'ivresse et ses danses rétrécies et factices, où se délient les serments,
S'anémient les œuvres et se paressent les verbes, comme leurs assertions ne trouvant dans leur maladresse que la flétrissure,
L'aven en ses raisons, émondant les essors de ce qui ne s'accomplit et ne se promet, de ce qui se décime et se désoriente.

Malhabiles imperfections où les mondes s'opacifient dans des vagues théurgiques aux brouillards aphones et distants,
À révéler dans la puissance du feu et l'incarnat solaire, qui guident les pas des conquérants aux voilures sans naufrages,
Dont les nefs persistent les ivoires engendrés, marquant des faiblesses les incertitudes pour en désigner les ruines.

Alors que dans l'envol guerrier la semence des songes s'élève, puisatière de grand renom comme de haute fête,
La fête de la Vie dans ses nénuphars intrépides, ses circonvolutions douces et fermes, ses adages puissants et solidaires,
Voyant des empressements sans limites s'ouvrir sur la plénitude des univers et de leurs souffles, dont l'aquilon rapporte la genèse.

Orientant, par les limbes, les précises incarnations, les dévoilant dans leurs habitudes, leurs langueurs et coutumes,
Mettant en exergue leurs pénétrations avides qui ne sont qu'intimes parures sans lendemain, reconnues comme telles,
Déjà s'évaporant par les cités et les villes drapées de pures oriflammes, aux claquements d'embruns sous le vent.

Moissons des règnes en devenir aux éclisses cendrées hier, ce jour rutilantes des fastes universaux épiés,
Contés, embrasant leur sphère de détails majestueux et sûrs, développant au-delà des litanies la perception,
Le bonheur suave allant au-delà des empressements inutiles, pour agir les odes de la prescience de vagues azurées.

Menant aux perfections, dans des élancements fertiles, de novations soudaines aux empyrées les plus témoignés,
Où assignent les Sages les conventions ouvertes sur les signes pour les avitailler de répons impassibles et sereins,
Coordonnant les efforts, dans leurs dimensions souveraines, où se nantie la postérité de leurs augustes formalités.

Vœux de triades armoriées d'élémentaires établissements, dont les flamboyances accentuent les desseins de la symbiose fidèle,
Advenant, par les règnes, les prémisses des corps, des esprits et des âmes, dans leur unité profonde statuant l'Être,
Le vivant dans ses exondations les plus fertiles comme les plus souveraines, par-delà les automnales désinences.

Marques sans rides devant la plénitude qui s'instaure, se magnifie et dont l'emphase lentement s'irise,
Pour porter messagère les rimes du conte à venir, de cet élégant principe ne voulant voir de la Vie que la splendeur,
Ses effigies ne se destituant dans les limbes et leurs écheveaux maladroits, où les peines sont souffles du néant.

Tandis, que brève, se sursit l'onde dans de vives destinées, afin d'épouser la magnificence dans ses orbes divins,
Acclimatant les âges des sources blondes, les beautés sveltes et princières des sources aux fugues légères,
Témoignant de la raison des silences comme des voix s'éparpillant, tels vols de papillons, dans la vapeur des chrysalides.

Hâtant les laves des fusions les plus intimes comme les plus denses, où se retrouvent les armes de la Voie limpide,
Cette Voie toujours partagée, malgré les fragilités se correspondant par les ouvrages inachevés et mystérieux,
Où danse le déploiement des algues en demeure, dans des féeries de lucioles aux armatures votives et appariées.

Discrétionnaires des semences de la nue, par-delà la nuit et ses nuées, épousant les contreforts des sommets des cieux,
Dans des florilèges, aux prolongements sériés, hâlant de participes désirs les efflorescences des dunes de la pluie,
Lavant les parterres des flores animées, où, de détail en détail, s'inscrivent les ramures de la destinée embrasée.

Clameur des douves à mi-repos, des gravifiques espérances aux ordonnées épousées statuant les profondeurs,
Mais non seulement, les alcôves aussi, où flottent, impartialement, les fanions du renouveau dans ses essors initiés,
Complaintes de rires et de sourires, d'isthmes semés sur la parure des frontons de citadelles aux cœurs palpitants.

Poudroiement des oasis aux adventices et sublimes oratoires, venant, des foules, les gréements des coordinations,
La vision ne se lassant de la réalité et de ses subterfuges, ses divisions, ses ambiguïtés comme ses convictions,
Assumant leurs étranges exigences pour les rayonner, de leurs ombres comme de leurs lumières, dans l'incandescence.

Et de la préciosité des rives en éclats, et de celles en partage qui attendent leurs responsables attirances comme leurs tumultes,
Les uns sauvages, les autres humbles, tous couronnés par la pluralité des sevrages majeurs s'éclosant,
Afin de faire participer toute irradiation, non plus à sa simple complaisance, mais à son action tempérée par l'imaginal.

Ouvert sur les saisons et les embruns, jusqu'aux flots devisés menant vers les îles de la mémoire, où, versifiées,
Les connaissances sont fulguration d'un vœu et d'une intelligible modalité, soulevant les sables du désert,
Pour effeuiller, par les terres à délivrer, les passementeries d'une histoire avide et constellée de devoir enseigné.

Nuptiale gravure de prépondérances, dont les verbes s'alimentent de vives valeurs pénétrant les rives absconses,
Les révélant à la luminosité des densités exhaustives, irradiant leurs principes dans des natures majeures,
Où le ciel est porteur de natives luminescences, que les fruits couvent de raisons impérieuses et souveraines.

De calmes attitudes aux préambules régénérés, fixant leurs élans dans des mélopées où ne se situent les antiennes,
Mais des rescrits fulgurant la pente des vivants, pour les hisser dans l'ardeur et ses vocations sublimes,
Dans la dextérité d'un firmament, témoignant de conquêtes nouvelles sur les fastes, par les candeurs de la volition.

Apparaissant sur les marnes les jouvences d'un printemps aux florales dispositions ordonnées et régulières par les nuées,
Corrélant les masques sans propos des enivrements, aux caractéristiques éployées, dont les poussières se cultivent,
Afin de se diluer dans les sources irisées, que témoignent les partitions de platines épicés d'œuvres manifestées.

Afin de situer les propriétés novices permettant
d'établir, dans la linéarité et ses consomptions, le cil
éveillé,
Contemplatif, émotif des gravures comme de leurs
ordonnances, sans inquiétude des parures amènes
à forger,
Idéalisant les évolutives destinées dans le sacre et
ses raisons supérieures, sans oubli ni tragique
effervescence.

Le firmament en ses accessions se déployant dans
des oriflammes sacrées montrant les pistes à
parcourir,
Fluidifier, contrôler, persévérer pour donner à la
descendance les moments gravifiques éclosant
l'avenir de ses souches,
Éprises et prises par l'emprise des limons et des
flots, par les occurrences des navigations ne se
désistant de leur épure.

Sans controverse devant les phares scrutant les fins
fonds des espaces, pour en arborer les métalloïdes
inappréciables,
Les ouates des galaxies enfantées, où les natures
profondes, exquises, et magistrales, s'épanchent
dans une essence fluviale,
Pour rejoindre l'havre écrin des règnes aux
consonances levant des drapeaux de gloire sur les
satellites émerveillés.

Dévoilant une diurne élévation de temporalités
fédérées, aux prêtrises exhaustives, délibérant leurs
frugaux appuis,
Dans des vêtures dont le marbre et le schiste sont
aux cales épervières les nourritures de la splendeur
qui s'épanche,
S'éclot pour magnifier toutes terres se livrant à la
béatitude en ne se renonçant pas dans des ferments
inutiles.

Ces caprices de la force où s'ombragent les félicités
pour s'enliser dans les tréfonds d'orientations
vagues,
Indécises et concentrées, fulgurant des carragheens
par les voies des transes de vertus qui ne peuvent
s'immobiliser,
Ni ne se contrarier, afin d'émonder des cristaux les
agapes du néant et de ses sortilèges aux
enluminures dévoyées.

Leur libération se devant sans égarement, de leurs
racines en voie d'appropriation, pour se notifier
dans la brillance,
Afin de déliter les serments comme les abîmes
enneigés, où s'étiolent les jours à venir, pour naître
l'efflorescence de cycles dissipés,
Dans des préaux de luminosités, dans des
supputations majestueuses, déclarant les
préciosités d'un itinéraire.

Ouvrage du Chant, aux corrélatives congrégations, définissant par-delà les espaces incongrus les aubes essentielles,
Des escales propices, aux orientations exemplaires, collaborant aux révélations des inspirations exhaustives d'un partage,
D'un ensemencement comme d'un règne par les états impassibles, attendant le ferment de la destinée sans oubli.

Voix en nombre par les sépales des pluviosités granitées de schistes coralliens s'évadant des anfractuosités,
Surgissant leur nature de cristalline désinence, où les vies se répandent, s'affirment, dans une autorité de veille,
Par le tumulte des bruissements de passementeries générées et organiques, initiant le levant et ses offertoires.

Gravure des irisations aux permanences hâtives, couronnées et fractales, aux auspices houleux et majestueux,
Assistant les volontés aux passerelles égrenées d'eaux vives, de frissons altiers, déterminant aux môles casuels,
Les tremplins effeuillés, précisant, de la glose, les irradiations limpides et formidables organisant la pénétration du vide.

Où s'exercent, dans la raison des lieux, les troupes accoutumées aux sûretés malléables, conditionnant les périodes,
De sérielles convenances, d'intrépides concrétions, et des fastes signifiants, sous la nue, manifestés par les Mages,
Dans de noviciats appariements, aux ébauches légères et ouatées, percevant les idéaux de forces élevées.

Couronnant des frontispices aigus, portant, sans dérive, les flammes contribuant à naître les fumerolles des scories,
Des moires aisances et de leurs venins diffus, qui sourdent encore sur les promontoires des existences par les marnes,
Réduisant ainsi à la poussière leurs denrées sordides, leurs conjurations fratricides et leurs fêtes sans renom qui enlisent le firmament.

Par les lys vertus des éblouissements ne tarissant devant leurs alluvions, mais hissant des pavois où la dilection se lit,
Ne se délit, mais affronte toujours et à jamais leurs rides pernicieuses et leurs carcans de chaînes ovipares,
Ces rescrits des salaisons diverses et précieuses s'imaginant le pouvoir alors qu'ils ne sont que contes dramatiques.

Arraisonnement de toute réalité pour le plaisir désincarné de fugaces et délétères empruntes de sonneries glauques,
De turpides aux noblesses contrariées, aux plèbes souillées, aux cycles désœuvrés par les souffles épuisés,
Dont le fruit de l'hymne ne tient compte, lorsqu'ils se prédestinent dans leurs ordonnances à des lendemains sans lumière.

Le sort étant jeté de leurs pierreries sans éclats, de leurs lourdes carapaces d'armures ébauchées dans les métaux oublieux,
Dans des sérénades confluentes d'errances, aux imprégnations ruisselant les maux les plus étreints comme les plus sauvages,
Dans de barbares éloquences de diatribes évertuées ne songeant qu'à l'immolation, là, où se situent l'élévation et ses principes.

Ses gloires étayées et ses splendeurs innocentes, où bruit le silence d'un apaisement persévérant et salvateur,
Orientant, face aux menaces, les compénétrations permettant de les isoler et les anémier dans leurs désirs de renoncement,
Dans des écumes dont l'ivresse regarde la féerie des temples à gréer, naviguer et magnifier dans la pureté visitée.

Prémisse d'aventure dont la noblesse ne s'efface
mais s'inscrit dans la tempérance et l'harmonieuse
discipline,
Conjointes de la rectitude comme de la prouesse
native aux séductions qui ne se perdent dans les
scories,
Les torrents des limbes attristés et leurs humeurs
belliqueuses et sans lendemain, devant le reflet
prononcé.

Ne laissant place aux immondices et leurs curées
putrescibles, leurs avatars glauques et leurs
immoralités,
Tous dévoués à la dénégation de l'existence et de ses
parfums, tous enchaînés à la matière brute et ses
marnes,
Ses buboniques malfaisances, dont les coordonnées
s'estompent devant l'éveil et sa mansuétude comme
sa promptitude.

Dessinant d'eaux louables les vierges sillons et leurs
densités aux effluves orientant les secrets éperdus
des sèves,
Pour les faire refleurir dans les prairies de la
jouvence et de ses exactes ascensions, advenant la
pure déité,
Dans des farandoles exquises se livrant au débat
des mûres réflexions menant vers les apogées les
plus beaux.

Agençant par les cités leurs appartenances et leurs correspondances dans des écheveaux aux marques intangibles,
Consacrant les respires de toute viduité dans la conjonction d'une organisation novatrice épousant les frontières,
De laves en repos, aux semis de la parure des âges sous le vent, en assainissant leurs efforts et leurs fières mélopées.

Proclamant des signes de prêtrise par les hymnes, dont la novation destine et chevauche par guets et ravines,
Portant le message de l'éblouissant partage de la prononciation du règne, en ses éclats, ses chuchotis,
Ses natives semences, ses détentes majestueuses, ses hautes perceptions, que la préhension culmine d'espérance.

Les dépassant dans le firmament des œuvres où s'entretiennent les esprits les plus sains, pour de l'empyrée bâtir,
Au-delà des seules pensées votives, au-delà des pourpres parchemins, par l'évidence situant le prairial dessein,
Celui de naître et non seulement stagner, mais créer et avancer, évoluer vers ces mystères de la nature opérante.

Où se lisent les mesures les plus impérieuses, les facondes les plus illustres, dans des armoiries au sceau impérial,
Magnifiant les forces de chacun par les épreuves dépassées et celles à venir, se montrant dans l'horizon,
Attisant de leurs feux ce désir du discernement ne s'efforçant mais se parant de toute réalité pour s'en abreuver.

Limitant les imaginations, sans ne jamais les borner, afin qu'elles précisent leurs orientations dans le cadre de l'Imaginal,
Cette force tempérée par la raison, sans arbitraire ni contingence, parcourant les immensités pour en rapporter le sel,
La divinité et ses efflorescences magiques, que nantissent les présents et les sortilèges dans une navigation intime.

Prospérant la densité des éclosions, de ces naissances ne se targuant de connaître mais bien de reconnaître,
Afin de s'éployer dans les lacs limpides du désir fulgurant chaque poussière de ces mondes partagés, contemplés,
Déjà par les surfaces matérialisées, s'inscrivant dans la pensée pour retrouver, dans leurs coordonnées primales, leurs forces spirituelles.

Prélude ne se confinant dans les erreurs d'appréciations les plus incertaines comme les plus aphones,
L'œuvre mystique déployant ses oriflammes par toutes faces, pour embellir la native prestance à ses randonnées concrètes,
Délibérant, de vaste volonté sans artifices, la parure des idéaux propices à la naissance de l'Être souverain.

Par-delà les dissonances et leurs corrélatives abnégations, statuant le préau des hélianthes pour en persévérer le cœur,
Ce cœur palpitant sur l'horizon évertuant ses magnificences, au-delà de l'abstraction, à la pure réalité,
Dénommée, embrasée, ne se laissant défaire par les errements et leurs produits insatisfaisants pour l'élévation.

Car sources de ces ruptures qui acquiescent au néant sans le combattre, se noyant dans ses turpitudes nauséeuses,
Se restreignant à l'inutilité matérielle, où se ressourcent les poussières volubiles, contraintes et délitées,
Fourvoyées par les désertiques admonestations, les hâtifs couronnements comme les dérives les plus guerrières.

Desseins des âmes dans la nuit ne se prononçant que pour écarter le réel au profit des stridentes inharmonies,
Qui, en éventails, prolifèrent devant la génuflexion des participes du vide et de ses éclats, de ses intempérances,
De ses corollaires se manifestant dans les brumes sériées, où se vend pour le profit l'errance incontrôlable initiée.

Par la pusillanimité de forces s'ordonnant dans les méats de rives artificielles et assorties de vives prémonitions,
Malmenant et terrassant les devenirs dans de reîtres cataractes, couvant de désastreuses orientations,
Malmenant la destinée, afin de l'obérer dans un sens aveugle et des facondes tragiques naissant l'altération.

Dans des courses insipides, où de nocturnes devises s'enseignent, caricatures aux baumes malfaisants de dérivées,
Les unes s'opiaçant dans les enluminures de prestances voûtées et allusives ne permettant de réaliser une unité,
Les autres s'époumonant de gloire alors qu'elles ne mettent en valeur que les marais de leurs incongruités dévotes.

Toutes caractéristiques de déclins dont les civilisations pâtissent, les unes les autres, dans des orbes dérobés,
S'astreignant à des contractions dimensionnelles, où les feux s'aiguillonnent, où les tumultes s'embourbent, où la folie est règne,
Sans mystères, devant leurs étreintes fugaces et hâtives se dissociant dans des évènements se figeant dans une statuaire.

Une épopée âpre et décevante où, liserés, s'absentent les échos, afin de ne rejoindre leurs péripéties,
Leurs antiennes aux maux avides s'enluminant de précises discriminations latentes et perfides, les voyant s'abstraire,
Se malmener et se rejeter dans des a priori, ignorant la plénitude et ses essors, pour accroire une pauvre supériorité.

Telle dans ce fardeau qui, dans ses combles, se révèle le masque d'une terrible infériorité devant les nombres de la Vie,
Car sans administration de cette vie lumineuse et parfaite orientant les actions dans la lumière et ses précieuses citadelles,
Où le cœur est un répons, une ovation se dressant devant l'immensité pour concourir à ses débats et ses novations ultimes.

Participe de l'allégresse et de ses formes évaporées et sublimes, où les ondes se répercutent pour embraser des floralies,
Dans de natives couleurs magnifiant les transparences des œuvres en chemin, dans des parcours cycliques,
Attestant les priorités les plus incluses pour provoquer la fertile jouvence de la divinité dans ses tréfonds immaculés.

Danse de verbes aux oasis printanières, où se découvrent, par les limons, les fluides enchaînements d'agencements,
De consciences, se levant jusqu'en les obscurités les plus protégées, pour pontifier l'emprise de la splendeur,
Dans des écumes efflorescentes marbrant de lys les cathédrales de la Vie, en leurs grâces comme en leurs vertus.

Rayonnant des mondes impétueux ne se lassant de manifester les ciselures précises des temps présents et à venir,
Dans des avenues émaillées d'orichalques et de schistes, de diamantaires effluves aux émois de fractales dimensions,
Allaitant de leurs convenances les quartz référents des demeures, dont les ondes se répercutent à l'infini.

Portant les transes d'hier aux mélopées du jour et
de leurs gravures de métalloïdes précieux les plus
densifiés,
Abritant ces perles du corail, ces levains de
l'aptitude permettant de gréer les navires solaires
des galaxies enfantées,
Irradiant par leur volonté les prestiges des souffles
de l'ardeur composée ne se systématisant mais se
coordonnant.

Pour déliter les aperceptions de leurs rancœurs
éprouvées, ramener à la demeure les déceptions
couronnées,
Mettre à nu leurs erreurs, leurs histoires, pour les
inviter à les dépasser, et fonder dans et par
l'autorité des coutumes sans oubli,
Dans des formalisations ne s'estompant sous des
gravures effacées par d'élémentaires dissociations,
leur résistant.

Par la gestion habile des moments du vivant en ses
façons, ses respires et ses œuvres créées, dont les
liaisons sont fêtes,
De structures établies par le projet de l'évolution la
plus limpide qui soit, effeuillant en chaque source
ses ramures intenses,
Ses perfections et ses devises, pour, dans la
complémentaire définition, structurer la perfection
en leur détermination.

Naissant le Prieuré de la nef du savoir ne se délitant
de ses ordonnances, afin d'assurer au vivant
l'épanouissement,
Tant de la matière, tant de l'intellect, tant du
spirituel, dans des modalités symbiotiques
parachevant la nécessité,
Dans des obligeances situant en chaque écrin les
vitales affirmations ne se condamnant ni ne se
justifiant, mais s'élevant.

Destinant le Verbe, en ses floraisons, à la multiplicité architectonique de ses pétales embrasant les cieux,
Activant les épures de flamboyances exhaustives guidant la préhension de toutes conquêtes comme de toutes maîtrises,
Décelant par les limbes, les approbations propices, les étincellements magiques et les caducées prestigieux et glorifiés.

Permettant de chavirer les inconstances, les ténèbres et leurs objurgations arides, le vide et ses affluents,
Dans des contenants décimant à jamais leur fourbe ivoire et leurs danses de sortilèges effarants devant le néant,
Où se mirent encore les disgrâces et leurs accouplements les plus fustigés comme les plus dantesques.

Mémoires héréditaires des filiformes déconvenues, dont les tares s'émerveillent encore de libres désirs contrariés,
Évanescents dans la pluie ranimée, engendrant par les sols équinoxiaux les solstices merveilleux de l'empyrée flamboyant,
Où se tiennent en lice les fiers chevaliers aux armures gréées, accentuant le sort, pour en ramifier les aboutissements.

Dans une impartiale chevauchée fêtant par les prairies les novices apparitions, par les forêts les tendres élans engendrés,
Et par les terres l'exondation propice accélérant les prouesses des sillons et de leurs soudaines incarnations,
Dérivant des principes de hautes tenues de séjours, vrillant de leurs sceptres les nidations précoces et souveraines.

Pour acter le vivant dans ses unions limpides et intelligibles par toutes faces de l'embrasement ensemencé de divinations,
Par-delà les lacs fauves, les dysharmonies et les stériles langueurs des cœurs amers et des chairs automnales,
L'ambre du matin se suffisant pour ordonner les pluralités dans l'appropriation de la félicité aux fruits destinés.

Aux élégances prononcées, ajustant les passages à prendre par les sèves exposées par les douves des calices mémoriels
Saturant de leurs degrés les argiles fragiles et conditionnant dans leurs méandres les nuptiales avancées,
Où se lisent la perfection et ses désirs d'écheveaux, aux vierges et prestigieuses vêtures marbrées d'effluves odorants.

Miels des états de longues routes parsemées de flores inventives, au langage gracile, tenant des prières en essaims,
Parlant de coutumes fières se destinant aux semences des printemps comme aux laves des étés, par les signes de l'hiver,
Où le granit se tait pour féconder les boutures de l'exacte ascension qui ne se promet mais se vit dans la clarté.

Monade des éclisses ensorcelées aux fleuves adulés dont les houles gravitent les falaises escarpées et abruptes,
Les cimes aériennes et les crevasses aux inclinations naturelles et suaves, magnifiant les séjours de couleurs splendides,
Dans des arcs-en-ciel de féeries humides au levant des étoiles et au couchant des cosmologies frontales.

D'opalescentes gravures, par les firmaments, jetées sur le vide comme des ponts de roseraies allant leur rencontre,
Dans des joies supérieures, aux sourires de caresses et de phosphorescences exquises, développant le rêve recrée,
Habile et sûr, dans ses fenaisons, allant la préciosité de l'instant pour en précipiter les jaillissements féconds.

Visiteurs de l'alacrité de préaux sereins où volent les oiseaux aux plumages chamarrés, où serpentent les rus d'abeilles,
Au pollen mystique, dont le breuvage manifeste les dimensions cosmiques dans leurs épures gravifiques,
Honorables et responsables de continuités opalines, situant les membrures des exactes prémonitions du verbe.

Mesure encore par les tresses des organdis, où les sonates prolifèrent, pour d'un fredonnement entonner le charroiement,
Et des comètes, et des soleils, dans leurs manifestations sereines et superbes, où couve la grandeur,
La blondeur sans repos des yeux ouverts sur les univers, attendant leurs principes pour s'y baigner et s'en sustenter.

Clameur de variantes renouvelées à l'infini portant des ramifications étranges, ouatées de moiteurs diluviennes,
Affrontant les périples naufrageurs les plus terribles et les plus insignifiants, n'ayant pour but que de prononcer l'hymne,
Le fortifier et le quérir jusqu'aux abîmes les plus ténébreux, afin d'en ourler les ravissements à naître et persévérer.

Dans la décence des prononciations exaltées opérant aux lagunes des sablières descendances d'arborescences nuageuses,
Conjuguant les élytres parchemins de pages ouvertes sur les flux de l'abondance et de ses opalescences diurnes,
Incitant les remparts à se répandre dans les poussières cristallines, afin de se reconstruire, comme proues de navires.

Dont les âmes parcourent les immensités pour rapporter dans leurs flancs les cargaisons de tous les mondes en émois,
Ces safrans de carènes aux voliges transparentes soulignant dans les horizons déployés leurs fumerolles légères,
Attisant les passementeries de l'ébène des graves concrétions sous les zéphyrs hautains délimitant leurs feux de cendre.

Par le gaillard d'avant, toujours en poupe de la maîtrise des éclaircies, fondant sur les îles aux plages à conquérir,
Pour relever leurs essences liguées afin de les déployer dans le firmament des aubes nouvelles où les soleils pleuvent,
La lumière et ses étincellements fugaces et perceptifs, dont s'abreuvent les cœurs énamourés, aux chairs célébrées.

Désinences de confrontations les plus vastes par les orées des alluvions aux origines antiques, fondant les courses,
De trames universelles, en lesquelles s'épandent les natives luminescences des constellations armoriées de flavescence,
Dans les lacs d'ombre et de chatoiement où, brusquement, se tiennent le lien et le lieu permettant d'en hisser les fanions.

Ouvrant les portiques immenses aux insinuantes et constantes irradiations, partagées et développées, patientant leurs étreintes,
Alors que passent, dans un flot rugissant, les navires portuaires aux invisibles captures de marches rugueuses,
Aux densités incidentes, permettant de lier les temporalités les plus désunies comme les plus atrophiées.

Afin d'en surseoir les arbitraires contraintes, les pugnaces lascivités, toutes ces dorures sans lendemain,
Se précipitant dans des parousies de détails, où la somptuosité disparaît pour faire place au néant et ses invitations,
Ses précipices sans gloire, où ardent des métaux consanguins fatals, ruisselant les complaintes de stances ataviques.

Sans avenir devant la pluviosité consacrant ses terres fécondées, ses astres corrélés, ses univers transcendés,

Orientant le débat de conséquentes racines ne se perdant aux facondes surannées, car portant l'unité,

Sur le pavois de la civilisation azuréenne, s'affranchissant des humeurs comme des caprices du vide altéré.

Une unité mobile ne se laissant conter les affres des jours comme des nuits, des temps comme des espaces,

Ne se laissant dissiper dans l'éconduite et ses florilèges de larvaires ébauches, ne se laissant mépriser,

Car atour de la définition de la Vie dans ses ruissellements les plus intimes comme les plus perfectibles.

VII

Florilège des additionnelles candeurs sous la nue,
où se disent les contes de la parousie et de ses
détails mystiques,
Ici, viennent les chants des épures graduelles
menant vers les galactiques appariements, dans des
volitions couronnées,
Où l'œuvre elle-même se tait pour laisser présents le
rythme de l'éblouissement et de ses gravures d'or
fertile.

Prismatique essence des royaumes sous le vent, aux
allégeances fractales, délaissant les contingences et
leurs sujétions,
Pour naviguer sous l'autorité vivante par la
pluviosité nacrée des sérails volontaires, où le feu
est un charme salvateur,
Où l'eau est renaissance, où le souffle est nature
devisée, où la terre est expérience de toute densité
magnifiée.

Voici les âges qui fulgurent, et leurs sceptres
désignent les voies à renouveler, les larges vallées et
les forêts profondes,
Les dômes élevés sous la danse des nuages, et les
avens, aussi, dans la pénombre, en attente de la
glorification du verbe,
Par les semis foisonnant les tresses de la Loi
naturelle, agençant dans ses rythmes les épervières
opinions.

Sans masques, sous les plurielles innovations des
fardeaux des cycles, relevant le défi de se libérer des
mimétismes,
Afin d'assurer la pérenne demeure, dans ses
langages, ses fortifications, ses développements les
plus féconds,
Marbrant les oasis de statures précieuses, où
s'alimentent les Peuples et s'inventent des féeries
nouvelles à voir.

Par la conscience gravitée et félicitée, en ses
aménagements précis où s'épanche le fleuve
impérial,
Manifestant de ses ondes les pulsations vitales
permettant au cœur des citadelles de se mouvoir
dans la réalité,
Dans un épanchement situant des fresques
impassibles et des nectars conviviaux bruissant de
l'Éternité.

Celle qui veille et ne tarit, celle qui se propulse dans
les œuvres assumées afin d'attraire de la joie les
équipées bruyantes,
Par les domaines ne se laissant aller aux
improvisations, ne se laissant distancer par les
épreuves,
Toujours traduisant au-delà des signes, pour en
féconder les horizons, dans une jubilation ne
cessant de vivre ses alizés.

Dessein des enfantements novices, des courses
flavescentes par les sphères alanguies, aux
téméraires échéances,
Tapages de cils se répondant par les cirques de
flammes, où se dressent les laves en fusion
fertilisant les tourbes,
Dimension de sylves aux refrains engendrés par les
architectonies de voilures gréées, s'éprenant de
routes inconnues.

Là, ici, plus loin, où tout un chacun est livre de la
permanence des rubis, des glaïeuls et des flores
complémentaires,
Non pour les destituer, mais les engager dans leurs
principes et les forger d'un lys devenir dont les
pulsions se couronnent,
Se préservent, puis s'enhardissent pour déflorer les
mondes à venir, les univers dans leurs vêtures les
plus prestigieuses.

Toutes forces rayonnées par les appartenances cycliques, en assauts gravifiques de témoignages telluriques,
Toutes aux voies de domaniale destination ne se désoeuvrant, mais participant à l'éloquence de la Vie souveraine,
Pour en fêter la venue jusqu'en les sites les plus ténébreux, jusqu'en les terres désertes et les îles oublieuses.

Le sacre de l'existence ne se mesurant à l'aune de la poussière, mais bien au degré de victoire sur les sens,
À leur harmonie dans l'unité la plus totale et la plus ouverte sur les mondes et leurs enchaînements sériels,
Dans une mage incantation d'éblouissements qui ne se sursoient mais s'éveillent à la compréhension d'infinitudes complexes.

Témoignage des algues aux prémices souveraines
des aventures nouvelles à voir par les talismans les
plus secrets,
Des hôtes passagers, aux frugalités distinctes, qui
s'harmonisent dans un éventail de coloris intense,
aux fécondes ovations,
Où s'abritent les plumages chamarrés de volatiles
somptueux, dans des fresques de corail et d'oasis
sans troubles.

Visiteurs de la nue et de ses éclats de lumière, aux
flambeaux devins des sylves et des prairies, des
forêts d'alcôves,
Des surannées déclinaisons qui ne s'inscrivent que
dans le temps, par le miroir de l'inclination devant
lequel les refrains s'ébrouent,
Magistraux madrigaux bâtis de mille offertoires et
mille sentiments par les pâleurs et les chromatiques
saisons.

Devinant, des évanescences les plus natives, les
fraîcheurs sinuées de sources par les rives des
parfums,
Dans ces écumes de la pluie parcourant les
moissons des ères et leurs acclimatations, avant
que de naître,
À la pure dimension de l'Être dans ses bourrasques,
ses douceurs, ses caprices et ses exhalaisons fertiles
de noblesse.

Coursier des mondes aux horizons limpides, advenant des certitudes, navigant aux conditions novatrices,
Délivrant les principes de mesures épithéliales aux capitations communes et aux routes d'azur sans naufrage,
Caressant les hyperboles de lacs assidus, témoignant leurs flots de jouvence aux coruscantes divinations épousées.

Stances de myriades d'effluves odorantes coulant aux fenêtres, ouvertes sur la luminosité, le prisme de ses regards,
Dans de votives apparitions, délaissant les chimériques consternations afin de s'approprier la tenue du langage,
Le ru de ce vertige, aux multiplicités parfaites, identifiant les essors les plus glorieux comme les plus denses.

De la méticulosité des règnes, dont les phares brillent les couronnes légères de moiteurs d'alluvions,
Où s'incarnent l'ataraxie et ses orientations, ses perspectives audacieuses, ses manifestations éclairées,
Tout de ces univers tissés par la frise des enfantements et la tellurique prestance des étoiles vagabondes.

Irisant de portuaires dimensions, où se tiennent les nautoniers dans leurs vêtures de cristal et de bronze,
Parcourant les sillons précieux des aquilons pour porter, messagers, les fastes à leur degré de majesté et de pérennité,
Applaudis par les foules en émoi, aux visages sereins, tempérant les brumes et les solstices malmenés par l'éther.

Afin de forger des entreprises ne se divinisant mais se préparant aux performances les plus fabuleuses, par les méandres incarnés,

Ici, là, déjà en parcours des fruits des terres antiques et présentes, où les cœurs palpitent des rameaux d'oliviers,

De mystiques coordonnées, où se tissent les toiles de la vie dans des euphonies magnifiant le désir de vaincre.

Ce désir de dépasser les fumerolles ouatées, les limites des occurrences, les amènes situations sans lendemain,

Toutes ces vétilles dont les parures sourdent le statisme, qui n'est la raison des orientations définies et statuaires,

Disparaissant devant leur feu olympien, avançant vers les galaxies fougueuses, pénétrant le vide dans d'intrépides corrélations.

Opales de séjours féeriques aux enluminures prestigieuses, étincelant des perles de cristal par les matins éthérés,
Où se lisent les précieuses pléiades, dont les armatures fidèles naviguent les Océans de la splendeur,
De nefs en nefs porteuses, ajustant les rêves et les songes dans la naturelle réalité offrant ses sollicitudes arborées.

Vertiges des Temples échus et conçus pour la pérennité dans des laves de frisson, des siècles héroïques,
Supérieurs à toute gravité enfantée, terrassant les liens désœuvrés pour unifier les temporalités dans une fresque d'Or,
Témoignée par les sylves, aux fumerolles légères de bambouseraies étagées, dessinant sur les eaux leur limpidité.

Croissance, excroissance d'armées en route sur de vierges paysages, où dansent des moissons, des épices cendrées,
Des moiteurs divines, conséquences de la cognition appariant les détails des fleuves se dirigeant vers la Mer naturelle,
L'essence et la substance de toute concaténation fluide et téméraire, manœuvrant des visions aux regards adroits.

Ignés de festifs cantiques aux sons de séracs enchevêtrés, où des parousies fidèles s'enseignent et s'ennoblissent,
Pour arder de leur clairvoyance écrue les olympes à partager, féconder et draper de pluralités d'illusions exondées,
Dans de mystiques offrandes, aux caducées de crêtes glorieuses, où les Mages interprètent et interpénètrent les silences.

Dans des ovations sans troubles, correspondantes et synonymes, partageant les degrés de l'ascension prometteuse,
Livrant sur l'horizon leurs actions passagères, leurs contemplations d'hier, pour en magnifier les étincellements,
En coordonner les lices et en apprendre les facondes aux pertinentes divinations, pénétrantes et azuréennes.

Florilèges de voûtes ancestrales de sortilèges impériaux décrétant les mobiles des trames de l'avenir,
Dans des innocences, dont la nature attise le cycle de novateurs états, où se fécondent les oasis et leurs ferveurs,
Par-delà les maux des guerres intrépides, à la recherche de la Paix méditée permettant l'épanouissement.

Livre de la parure intime et de ses tresses d'organdis où se lave la pulsion des heures pour, d'une moquerie, s'amuser,
Et des peines et des douleurs inutiles, et des affligeantes ostentations surannées, de ces frêles directions,
Ne s'orientant que dans les statiques circonvolutions où sombrent les vaisseaux et leurs voilures atrophiées.

Misaines de ruptures à naître par le sérail des avances impartiales, mettant en œuvre des oriflammes sacrées,
Initiant la beauté dans les flamboyances avides, les interpénétrations torrides, les culminations des désinences,
Décimant leurs voies contraires se larvant désormais dans la poussière d'étoiles qui manifeste leur domination.

Rendant vacillantes les formes peu recommandées, les destins sans essaims, les clameurs sans éveil, les sources sans eaux,
Toutes ces concrétisations qui ne se rebellent contre leur morne situation, nécessitant du Verbe l'essor formel,
Un essor se magnifiant et s'autorisant dans leurs auspices dont les accaparements s'ébrouent de tempêtes opiacées.

Nées de l'initiable homogénéité de saillies solaires
aux remparts de leur néant et de leurs fortifications
abruptes et sauvages,
Élaborant dans leurs semis les frises du temps et
leurs cohortes, leurs embruns leurs lézardes
agglutinées,
Afin de s'y répandre et, dans la fortune des séjours
glorieux, en inventer les trames permettant de les
dévoiler.

Dans ce secret des étreintes où se laboure la
perfection dans la perception des sens ne se laissant
entraîner,
Mais ruisselant le Verbe des émersions couronnées
de magistrales incantations ne se délitant ni ne se
perdant,
Car, livrées d'efficacités sans nuages, brisant les
pentes des abîmes et des avens austères se voulant
impassibles.

Ainsi, dans l'orbe du matin aux consécrations
adventices, où se tiennent les mille troupes de
l'Ordre souverain,
Initiant les rêveries des passementeries ne s'enlisant
dans la tourbe et ses affres élémentaires comme
désabusés,
Afin d'idéaliser les prestigieuses conjugaisons
permettant de vaincre les sérails inharmonieux et
distants.

Appropriant par les cils la vision salutaire des préoccupations du vivant, ne se défaisant de ses promesses,
Hâtant aux précipices ses hardes et ses éclats sans prestiges, que devinent les orées profanes dans les lices ciselées,
Aux fumerolles évincées de leurs langues saumâtres de buboniques prestances, qui furent et ne reviendront.

Adages des précipices, où la fourberie des reîtres se sème à foison, où s'incline les respires acres et leurs émois,
Dans des froissements congestifs s'apprivoisant de multiples contrariétés aux relents perfides et pestilents,
Aux vacations inutiles, devant la sphère qui s'élève, se prononce, et par la Voie ébauche ses ornementations nécessaires.

À l'accomplissement dans des âtres où le feu crépite la novation de ses instrumentalisations sereines et téméraires,
Dans des règnes opalins, aux fresques natives de contiguïtés et de correspondances, enlaçant leurs dons éphémères,
Pour les fortifier dans la réalité et ses méandres silencieux, atermoyant leurs atours afin d'en prédestiner les forces.

Desseins sans repos devant les citadelles à prendre et concevoir, acclamant le retour des jours archaïques de la distinction,
Dans une mansuétude avertie, délaissant les vertiges des frasques de la guerre pour puiser l'or de l'Amour,
Instillant dans leurs prémices la nature profonde de liens enrichissant la portée de toute voilure téméraire azurée.

Féconde par les Îles du levant, par les plages mordorées, dont le ciel dévoile les préaux sublimes et agiles,
Afin de leur offrir les pulsions navigatrices forgeant les lys des fanions de la victoire sur le désenchantement et ses hydres,
Dans une vacation portant vers la plénitude et ses assomptions, eut égard à la carène des moiteurs des blizzards enivrés.

Où de mélodieuses irisations sont parchemins prononcés par les éventails du Temple de la Vie, glorifiant la nécessité,
Dans un agrément, participe de la prière de la volonté ne se substituant à la faiblesse, de la grandeur ne se méprisant dans la couardise,
Toute élévation devant porter le fanion vers les cimes de la victoire, aux ramures de la pérennité renouvelée.

Prélude du Verbe devant l'immensité et ses royaumes, ses artefacts mais aussi ses densités malléables,
Où s'en viennent les notes particulières, les écrins aux horizons distincts et les sacres les plus beaux par les Univers,
Dans de safranées adulations, aux postérités d'une maîtresse détermination, dont la volition signe toute exaltation.

Antienne aux périples natifs des féeries agencées par les frondaisons, qu'enseignent les effluves onctueux,
De mystères les prouesses, les cavalières fertilités, les ondines majestés et ces ruisseaux où se baignent les sirènes,
Dans leurs vêtures argentées, reflétant l'Éternité et son langage, sa source et ses rubis les plus épanouis et tendres.

Mesures de l'espace et de ses concerts ouverts sur les existences et leurs compromis, ajustant leurs impostures,
Pour les rendre aux ténèbres et, dans la position nouvelle de la vigueur, s'éprendre du chemin des roseraies,
Des fleuves aux flores tressés d'émeraudes et de cristal, de gemmes et de schistes aux pétales lumineux.

Corrigeant leurs incertitudes, dans de hâtives correspondances doublées de consonances aux prières votives,
Où se lient et se relient les paradis enfantés dans des moirages dont les onguents étincellent les rayons insufflés,
Les phares prestigieux, signant des tremplins menant vers les douves aux contes de félicités adamantines.

Laves sans repos des éveils des équipages se dressant sur les trônes, pour en enfanter les sérails consentis,
Les béatitudes comme les actions, destinant les terres immémoriales à se hisser vers les arceaux célébrés,
Et des latitudes ouvragées, et des longitudes édifiées, par ces miroirs des mondes aux voliges magnifiques.

Où se retrouvent les nids passionnés des jours à vivre et persévérer, impérissablement, en demeure, s'enfiévrant,
Opérant, sous les moiteurs légères, les ondulations des rêves et le souci des songes dans les harmonies de la réalité,
Dans ces concrétions ne se désoeuvrant mais toujours se répondant afin d'offrir à la nue le désir de toute révélation.

Accentuant les vigilances des vertus précoces, dans un firmament de couleurs aux nombres incalculables et destinés,
Conditionnant les mannes du levant dans des stridulations merveilleuses, assignant les respires de débats princiers,
Là, sous ces colonnes de marbre, où se tient la déification, dont la nef embaume des rives de joies exquises.

Témoignant de l'alacrité qui fut, de celle qui sera, au-delà des prébendes des sarcastiques et fauves déconvenues,
De ces aliments aux moires désinvoltures se congratulant dans le venin du désespoir et de ses aurifères pressentiments,
Aux vagues de semences avariées, délitant les souffles à midi, pour les attraire dans les limbes aux dantesques avenues.

Naufrage des ciselures des Temples, aux desseins cruels, aux exactions larvaires, ataviques et perfides,
Toutes scories balayées par le zéphyr fortifié, développant, par ses effluves, les pouvoirs de la domination induite,
Permettant de taire leurs mélopées sans lendemain, leurs aigreurs, et dans la rime, mener à l'harmonie intime.

Dans une parturition d'actes et d'engagements ne se laissant conter des trêves despotiques et désuètes, devant le firmament,
Le souci de la raison profonde de la Vie magnifiant les odes dans leur destination la plus concernée et vitale,
Dans une parousie aux gravures fortifiées, bâtissant des rythmes soutenus par les prairies et les sylves amènes.

Naturant la satisfaction de prouesses, aux éclats vertigineux, dont les finalités exhaustives se tressent de modalités,
Les unes votives, les autres exécutantes, toutes devineresses des alchimies secrètes s'évadant de lacs aiguillonnés,
Où nagent les enfantements des lyres et les mélodies qui ne soupirent des devises sans lendemains.

Processions de candeurs sous les cieux, aux oriflammes bruyantes sous les vents sereins, la détermination,
Dans une attitude seyant à l'aristocrate volonté ne se laissant égayer par les infidèles prouesses et les maelströms,
Par les blizzards irisés, où vole l'oiseau lyre, inexpugnable et imperturbable, prévoyant le cycle effeuillé.

Marbrier des rives de corail et d'ébène aux marches
du désert, par les limbes et les coralliennes
destinées,
Où s'abreuvent les talismans magnifiques des
roseraies de l'Olympe aux prestigieuses avancées
coordonnées,
Élevant des forteresses vers les nuages pour
entraîner la vision dans l'espace courageux qui ne
s'indétermine.

Voguant, par les nuées, les calices prestigieux des
floralies successibles et leurs méandres sinuant la
grâce,
La diversification et ses orbes enseignés, dont les
atours sont fusion de stimulations les plus douces
et les plus tendres,
Dans le préau de vagues protectrices, où le boisseau
des blés mûrs forge par les lys un écheveau de
gloire.

Insigne cristallisé pourfendant les attraits du vide
pour en réfléchir les notions tutélaires le menant
vers la naissance,
De tout ce qui se réalise, par la profusion des
pensées témoignant de leurs associations
s'engageant dans le feu,
La lumière stellaire, imprévisible, soucieuse de ses
vêtures et de ses portées par les routes d'ombres
contrastées.

Pour, épure, n'implorer mais graver dans les degrés
de l'ascension ses mesures d'équipages sur de
vastes houles,
Par des sourires rieurs et des exhalaisons fertiles,
des arborescences pluvieuses, dont la nacre perle
les ramures,
Abritant les œuvres des perles et des saphirs, des
cargaisons d'agates diamantaires et de corallines
aux ors empressés.

Dans des postures correspondantes au vital épanchement, n'attendant un sursis mais une aube apaisée,
Translucide de phosphorescences assouvies, d'étincellements grandioses aux irisations endurantes,
Dans un rite souverain densifiant l'existence et ses portées, par les nombres et les homélies de prières effectives.

Naissants de la prestesse, de la splendeur, de l'embellie prononcée aux chevauchées aventureuses et multipliées,
Par les exhalaisons sauvages et les bruines du matin aux horizons de pluie et de nectars couronnés, par le sens du frisson,
Développant des harmoniques aux contenances diaprées d'ivoire et de semence, dont le Verbe saillit l'Éternité.

Messager des ramifications intenses, où le quartz parle ses secrets d'oliveraies festives de fleuves engendrés,
Corroborant par les regards la perception de l'amante désignation de l'encorbellement des agrès et des matures amazones,
Par les degrés de rus profonds et lourds, monarques de la conviction du levain des étoiles blondes et flavescentes.

Que l'instantanéité des âmes de ces temps développe et structure, pour nourrir la gerbe des bourrasques,
Frontales et devisées, sans division par les mannes du propos, orientant leurs supérieures constellations,
Qui leur sont gravitation, en instrumentalisant leurs règnes à venir de coruscantes magnificences annonçant leur naissance.

Par le devoir sacré de la profondeur, nécessitée par les arceaux victorieux ne se délaissant aux ruines antiques,
Mais se pressant pour contribuer à la conséquente irradiation de ce devenir intime et généré pulsant toutes navigations,
Par-delà les échappatoires inconsistantes, les prémisses déviées, les épanchements sans allusive eurythmie.

Toutes erreurs progressives alitées dans les précipices aux noirceurs d'où irradient les désespoirs conjoints,
Ces faces irréelles se lamentant de ne pouvoir se hisser, de ne pouvoir prendre en charge leur force engloutie,
Oubliée dans les fosses communes du statisme inconsidéré, où les brumes s'ébattent dans des soupirs consternants.

Havres de ruissellements infertiles aux données caractéristiques, dont la reprise en main devient l'élan devisé,
Des cohortes s'avançant, intrépides, vers leurs fumerolles ouatées de présages et de sursis, dans une équipée libre,
Et de l'atteinte des ornementations fractales dissipées, et de leurs forges périssables devant l'azur et ses propos,

Ainsi, dans ce levant des étoiles aux caresses nocturnes et diurnes, dans le devoir ultime d'un renoncement,
D'un don glorieux ne se consacrant que par la revitalisation de toute existence, par-delà les euphories et leurs eaux vives,
Toujours au front de l'ardeur se méritant, toujours par les voies et les routes, afin de révéler le vivant à la Vie.

Non à ses ébauches tarissables, non dans les fresques insipides, non dans la parade sordide des déliquescences,
Car le cœur ici est astreint à sa vertu comme à sa pure noblesse, et ne doit rien aux émanations sulfureuses,
Comme à leurs effluves pitoyables se répandant dans des lacis de torchis avérés, s'écroulant devant une avance impartiale.

Le Chant ne se proposant mais irradiant toutes faces rencontrées et partageant l'énergie d'un lac de soleil,
Effaçant les scories et leurs gerbes de cendres, leurs moires aisances et leurs coutumes impitoyables et dantesques,
La clarté de la raison estompant à jamais les agraires dissolutions des émois se formalisant dans le déni du réel.

Un réel armorié stimulant les liesses, s'adressant par mille voix aux voix raisonnées et raisonnables, par essence,
Dont la substance s'émeut et s'ordonne pour parfaire et construire, toujours gréer le chœur de l'ouvrage,
En formaliser l'exhaustive compénétration fortifiant sa force immense dans un aquilon nuptial aux horizons limpides.

Présence imperturbable par les semis de moisson,
les affres disparaissant du paysage pour faire place
à son firmament,
Ses mystères, ses prononciations, ses incarnations
que nul ne peut mentir ni naufrager devant ses
pulsions,
Les unes dressant du Verbe les densités exquises,
les alluvions d'ordonnances, les autres l'harmonie
impérissable.

Enfantement de vagues sous le vent, dans les
roseraies bruissantes de la quiétude et de ses orées
salutaires,
Où le Sage comme le Mage, sous les auspices du
Guerrier, enseignent la fertilité et ses horizons les
plus lointains,
Non dans l'affirmation, mais dans la visitation
puisatière, aux élégances sans troubles et sans
violations.

Manœuvrant, habile, les ruisseaux les plus féconds,
dans une structuration éperonnée par le cristal d'un
calice d'or,
Celui de l'espérance trouvant en ses liens par ces
lieux les promesses d'une enivrance comme d'une
ramification,
Dans l'unité, et par l'unité, d'un cycle de jouvence
ne se profanant dans des servitudes de pensées
emprisonnées.

Où l'ombre de l'ombre se manifeste pour engager les uns les autres dans des abîmes illicites se couronnant,
Ces gouffres perdant leur plénitude pour des regrets ataviques d'insipides armatures aux achèvements délabrés,
Inconsistants et dénaturés, s'oubliant dans les ravines de l'aperception, comme des vols d'oiseaux d'ébènes attristés.

Toutes désinences aux portées lugubres ne se livrant dans ce levant des sources aux frugalités diverses,
Ne recherchant désormais plus que l'élévation par-delà les adages des innocences broyées, des amertumes accomplies,
De ces brouets se consolant dans leur disparition, tous enlisés dans une féale contrainte née de l'absurdité.

Témoignant des lices profondes où se jouent les guerres des saisons, dont les histoires émondent les semences,
Oubliant les termes des luttes pour s'offrir conquêtes alors qu'elles ne sont qu'enluminures de la réalité,
Cette réalité les montrant dans leur abrupte domination outrancière, n'ayant que brume au sourcil.

Moiteur solitaire de runes adventices faisant accroire, de par la volonté du vainqueur, l'ahurissante construction,
Qui n'est que décomposition et rupture de toute détermination devant les formulations imbriquées ignorant les faits,
Assignant les vaincus à la poussière, ne brillant que les écumes de pseudos victoires construites sur le sang et les larmes.

Pauvres déshérences acclimatées et enseignées, dont les miroirs portent les songes aux bassesses les plus triviales,
Conjuguant aux dolines les frissons de l'automne comme de l'hiver, ne pouvant germer le moindre printemps,
Comme le moindre été, la douleur arbitraire restant leur considération sans attraction ni le moindre devenir.

Source tarie se délitant dans ses dépouillements qui se brisent, et dont les nervures se flétrissent par le conditionnement,
Par l'établissement de la sous bestialité qui opprime, et dangereusement invite la vie à sa finalité la plus morbide,
La plus terrible, que rencontrent les troupeaux dans ces isolements galactiques où se meurent les vivants d'un jour.

Dans de surannés délices, sans improbabilité, se conspuant naturellement avant que de se détruire mutuellement,
Tant de torve parure leur onde négative balayant de ses flots insanes la florale persévérance de la Vie inflexible,
Ne répondant à leurs propos, figés dans la glaise ourdie par les déjections fétides de menstrues glauques et sordides.

Bréviaires de l'inconsolable abnégation se vautrant dans la fange pour mieux se mystifier voie de correspondance,
Alors qu'elle s'étreint dans la tourbe et ses appréciations calomnieuses, où gîtent les avortons de la pensée,
Ces ratures de l'esprit se délectant de leurs inconstances, de leurs puériles excrétions délibérant la nuit.

De leur force et leur rayonnement de mouroirs affligés, de contes à dormir debout, de réécritures assoiffées de préambules,
Toutes routines se lavant dans la sueur des esclaves travaillant pour leurs rimes accrocheuses, leurs apostilles,
Leurs sénescences, dont les ruts barbares momifient et outragent dans une permanence ne pouvant plus qu'apparaître.

Tant de fiel les auscultations de leurs degrés que le poison en est épithéliale conviction et épouvantable destinée,
Marche claudicante des astres à la mesure de leur révélation impie de laves bruyantes et sourdes aux litanies,
Aux mélopées de Peuples à genoux, ne désirant que se lever pour en taire les parjures insidieux et le venin.

Par les demeures, voyant leur nausée monter, serpenter, fluidifier leurs araignes lamentations, aux ressacs incestueux,
Fracassants, délavant les sols de leurs bribes aimantes afin d'en défaire, dans le sarcasme, l'innocence,
La brûler au tapis de la démence qui est l'affliction de leurs tares de vivant s'exhaussant dans un principe de prurit.

Aux formes informes de visages hagards, repus de la vitalité qui leur manque, qu'ils destinent à leurs gruaux,
Dans des insanités et des perversités dont le jugement sera celui de la liquidation systémique et définitive,
Ordonnée par les formations, au sein même des cités qui engraissent ce pourrissement comme cette moisissure.

Devant leur déni tant du réel que de ses allégations, tant de la salubrité que de la beauté, ces nectars qui ne s'enlisent,
Ni dans leurs ovations, ni dans leur virtualité, dont les animations confondantes sont pestilence de sols en voie de germination,
Purulence de cieux aux prépondérances outrecuidances, que la nature notifie et réserve à l'incompétence.

Vivier de ladrerie et de réjouissance, aux agapes épuisant les sources du vivant pour s'en rassasier et s'en contenter,
Dans des fleuves d'opium où rugissent, désincarnées, les fétidités les plus nuisibles à l'incarnation,
Ajoutant à leurs prébendes les vices et la corruption, tous outrages dont les conjonctions, suent la mort démasquée.

Toutes fatidiques éclosions dont les mouvances révélées permettent aux Peuples échoués de dénouer leur tragédie,
Enlacer ce terreau infect et le compresser jusqu'à la poussière pour le rendre au tombeau familier de ses lagunes,
Embrasant par les profondeurs non seulement l'idée de la vengeance mais bien l'idéal de l'élévation qui doit être opératrice.

Mémoire de sollicitudes dans le levant des ressemblances les plus douces et les plus œuvrées, voyant de l'histoire les armoiries,
Non l'histoire incestueuse et réécrite, mais l'histoire glorifiée et alimentée par la réalité délivrant les existences,
Une fresque dont les exactes répercussions témoignent de la hideur se voulant maîtrise de tout dessein.

Hideur aux vertiges pontifiants parlant à des enfants pour démontrer ses exaltations les plus répugnantes,
Rabaissant à la servilité toute âme humaine, tout esprit constitué, tout corps en fertilité, afin d'abstraire leur unité,
Dans des exactions, dont les motifs sont de pénétrantes dérélictions agitant les circonvolutions de l'indéfini.

Cette notion de l'abstraction par laquelle se façonnent par les mondes en lisières, les écueils des tempérances,
Les dysharmonies et les empruntes de nocturnes volontés, inscrivant, dans la noirceur, leurs rescrits les plus fumeux,
Les plus stériles comme les plus inventifs, pour tenter d'affaiblir toute motivation de l'espérance et de ses sujets.

Ainsi, alors que le Verbe se manifeste dans son autorité et sa densité exhaustive, partageant les fêtes à Midi,
Des enivrantes perfections attisant les perceptions des uns et des autres à leur assemblage, nécessitant un redressement,
Dans une gerbe fauve leur permettant de se tirer du néant voulant les immobiliser par interdits divers et variés.

Toutes forces d'écumes aux opiacées légères et surannées dévidant leurs eaux troubles par les navigations ailées,
Oublieuses, s'évertuant de rimes en rimes à l'accueil de la nocturne désinence, où des ondes amères s'épanouissent,
Se réjouissent et se parfument de la mort et de ses lambris, dans des satisfactions écœurantes voyant leurs larves s'accoupler.

Rayonnant d'embruns leurs précipices poisseux aux ruptures malfaisantes, dont les triviaux abandons sont suaires,
Masque de tombes les plus vives comme les plus fidèles lorsqu'elles se rassérènent dans d'élytres parfums miséreux,
Sans mystère, devant la lumière pleuvant sur leurs scories afin d'en anéantir les rives officieuses et tronquées.

Délitant à jamais leur putréfaction comme leur avilissement, et leurs offices de ténèbres, aux moiteurs délétères,
Dont les convictions se répercutent par objurgations et engagements corrélatifs, advenant par l'informe et ses gradations,
Cette chose sans lendemain se congratulant de son propre dépérissement, en l'affermissant et en le tranquillisant.

Détresse de sols amers et de tourbes meurtries, hâtant la consolation du Verbe, dont l'armature glisse sur leurs rives amères,
Pour en décrisper les orientations et en axer les sèves, dans une unicité, les délivrant des principes aux enchaînements nuisibles,
Écrasant dans l'œuf leur incapacité de théurgies mobiles et ruineuses, pour les éveiller au firmament et ses summums.

Sous le regard de romances mesurant les disciplines acquises, et restant à acquérir, afin de hisser le vivant en leurs éclats,
En leur présence et leur magnificence, dont la seule vision de l'esprit ne peut se vêtir si elle n'est vision du cœur,
De ce formidable agencement de l'Être révélé, parcourant l'infini pour en ramener les éléments essentiels à sa viduité.

VIII

Aux candides essaims des rêveries diaphanes et ourlées de frais propos, où les lagunes se mirent dans les étoiles mordorées,
Voici les semis des nuptiaux appariements, dont les stances s'élèvent, inamovibles, vers les espaces secrets,
Afin de rapporter, du lancinant voyage, les gréements permettant d'affréter la saison nouvelle et victorieuse.

Ouvrant des fenêtres sur les expressions fidèles allant jusqu'aux natures profondes des amantes perceptions,
Le Sage se tient ici, debout, pour proférer les liens inextinguibles des mondes, les lieux gravifiques et telluriques,
Les antiennes et leurs mélodies somptueuses générant l'unitaire composition de toutes choses par les hymnes.

Demeures du verbe dense dont les élémentaires conditions s'éveillent à un acte prairial délibérant l'œuvre,
Celle à assumer, celle à consteller mais aussi celle à consolider par les espaces miséricordieux et magnifiques,
Où s'instiguent les suavités des solsticiaux empires gardant la foi, et la renouvelant par toutes somptuosités.

Dans la conscience émérite ne s'offrant le moindre sursis pour combler les lacunes et réverbérer la lumière épanouie,
Ici, là, dans des nectars aux devises armoriées, fécondant les transes à minuit comme les danses à midi,
Dans des charroiements de couleurs aux mélopées conviviales, dégauchies et mystérieuses, toujours mesures de l'Éternité.

Confluents des riveraines passions de diatribes comme de prières, de paroles comme de sonorités corroborées,
Dessinant par les échos des terres ancestrales de mythiques appartenances, de hautes voilures de songes,
De vaste et puisatière clarté de rêves, dont les créneaux fixent l'intemporalité et permettent d'en venir la félicité.

Mémoire des houles aux escarpements des falaises labourées par les vents mystiques, éployant leurs oriflammes,
Pour assister la pénétration de l'éclair dans l'orbe suranné et en dévoiler les secrètes ardeurs endormies,
Ensevelies hier, par les intempérances, les gloses amères, ces balivernes des temps sans regret se ramifiant.

Déjà s'édulcorant devant l'avance impérieuse dont les connotations sont, de pages en pages, les écrins d'un parchemin,
De lys aux étendues de florales avenues, où se dressent les temples et les forteresses de la viduité la plus exacte,
Ne laissant place aux divagations des nocturnes allégeances et de leurs troupiers, en mal de fardeaux et de plaies.

Tous s'émaciant devant la charismatique érudition ne se laissant effacer, ni ne se lassant de découvrir les rus propices,
Permettant de faire naître, dans le cœur le plus sec, les émois d'une profondeur nouvelle, la gloire d'un présent,
Et le faste d'un devenir, où les sources sont de miel et d'ambroisie, où la plénitude subordonnée est corollaire de toute situation.

Par les marges septentrionales, par les pénétrations considérables, par les cimes loyales, inscrites dans la pérennité,
Dans ces degrés où les voûtes croissent les ferments de la mansuétude, de l'alacrité, de l'altérité, de la bonté même,
Hissant les uns les autres vers le respire de leur totalité, dans une agrégation portant les phares à leur étincellement.

Par la force des Univers enlacés, dans ce creuset de l'énergie souveraine, désignant l'adéquate perfection de l'onde,
Qu'il suffit à tout un chacun d'assimiler pour en prendre le chemin au baume magnifié et stellaire, invaincu et victorieux,
Mettant en face des Êtres le sens de leur aventure commune par les frondaisons d'azur et les orées les plus pures.

Ici, les cités d'émeraudes, aux lisières, s'estompent
pour forcer le temps non plus à l'admiration mais à
l'action bienfaitrice,
Allant, par les jardins, les flores essentielles, à la
recherche des rives écloses, enlaçant de leurs
éblouissements le sens,
La frugalité de la substance, et dans les règnes,
toutes coordonnées, légiférées, graduelles et
conquises.

Dans des flux aux aménagements intégrés, ne
balbutiant les horizons, mais les magnifiant dans
un couronnement,
Dans une frontale devise ne se lassant d'œuvrer
par-delà les superficielles contingences, afin de
fertiliser,
Convenir, et, par une native éloquence, déployer ses
fanions les plus hardis par toutes les sources de la
volition ordonnée.

Où s'interpénètrent de diamantaires effluves, des
adventices compassions, comme des témoignages
exclusifs,
Marbrant, de leurs élytres, les destinées les plus
propices comme les plus proverbiales par les routes
émanées,
Dans ces heureuses certitudes, sans servitude, ne
se corrompant sous les éclisses de jougs attrayant
les désespérances.

Toutes voilures hissées aux frais matins flottant dans le vent et ses poudroiements olympiens aux statuaires d'or,
Où se dressent les mamelons de voliges mystérieuses, dans la grâce de la permanence d'endurances votives,
Signant les frises de navigations stellaires, où les embruns sont des phosphorescences argentées traversées d'étoiles blondes.

Par les frimas des discursives saisons, aux galops fougueux, hérissant les promontoires du vide pour affluer,
Pérenniser, détailler les faisceaux de l'iridescence conjuguée, marchant vers l'épanouissement et ses sérails,
Ses refuges, ses densités, et ses exhalaisons visitées, où se tiennent les cristaux aux émaux solidaires ou solitaires.

Toujours en veille des assauts à venir, de ces mille et mille écheveaux de danses diaphanes ou surannées,
S'éparpillant comme des apparitions par les passementeries adulées des paroles déployées de contes ressourcés,
Aux pétales de couleurs aériennes, dressant de vives harmonies par le feu impérieux des nécessités conséquentes.

En la nature même de la prouesse de l'élévation, se manifestant dans ses devises, ses perpétuations, ses interruptions,
Ses longues nuits comme ses jours fabuleux, où se mêlent les soupirs d'un parfum d'été et d'un solstice hivernal,
Ondulant leurs vêtures chatoyantes, pour arborer, devant les cieux, l'élégance de leur mimétisme magnifié.

Désignant la pureté instinctive, née du débat de l'Être en ses armatures fidèles et innovantes, ne se laissant défaire de ses semis,

De ses aisances, de ses caressantes affirmations par les agates des opiacées qu'enseignent des tumultes sauvages,

Brisant ces faces de l'ombre, pour ourler de vacations les façons les plus nobles interagissant sans complainte.

Par les lieux soulevés d'abîme, aux chrysalides effeuillées, aux marches profanes, aux encorbellements divins,

Dans de manifestes autorités percevant de l'astre la mémoire, l'écume, et le tourbillon intime de forte potentialité,

Habile, supérieure, pourvoyant les espérances comme les motivations profondes, advenant dans le réel leurs existences.

Majestueuses ouvertures aux coruscants éblouissements, naturant les draperies des univers exhaussés,
Que les souffles mesurent à l'aune du respire de toute formalisation, par les champs aux floralies diverses et variées,
Haletant les principes des incarnations et des réminiscences de la plénitude, et de ses vagues antiques.

Expérimentant des airs comme des terres, des eaux comme des feux, couvant sous la cendre des oublis dantesques,
Là, ici, irisant de leurs gloires les navires présents s'élançant vers les gravures alliées de la splendeur et de ses émotions,
Dans des gravités fertiles, que les ovations fécondent de lisses harmonies par les temples aux fenaisons d'obsidienne.

Inclinant les justes mesures d'épithéliales concentrations de sèves anachorètes, se déployant par les mélopées,
Dans ces creusets des limons les plus nobles, où se tresse la vitale proclamation de la Vie, la nappe de cristal opalin,
Des œuvres sans sursis, toujours se renouvelant pour persévérer la profondeur des sollicitudes veillant à leur attachement.

Sans digressions des peines et des larmes, sans regard acerbe sur les surfaces en genèse aux lacs sauvages,
Aux embrasements de carènes à mi nu, aux portuaires divinations, dont les trames rappellent l'orientation,
Inflexible par les rives habitées de rus riverains aux stances éveillées, afin d'avitailler les sérails d'une parousie native.

Destin des âges sous la brume, destin supérieur où s'élèvent les forces du vivant épousant les limpides phosphorescences,
Et des hymnes sous le vent, et des sorts par les cargaisons avides, où le grain répond de la faim et l'eau de la soif,
Dans de grandes espérances comme de vitales fondations, culminant les essors pour en parfaire les définitions.

Dans de hautes vagues aux houles diaphanes, enrôlant les subtilités des émerveillements comme des fantastiques songeries,
Dont les havres, aux logiques agiles, délimitent les puisatières déterminations dans des règnes aux cœurs ardents,
Palpitant à l'unisson les embellies des étendues se délivrant des spasmes et des antagonismes, pour s'offrir sous la nue.

À l'instruction acquise et intuitive, dont les môles tressent par les foyers les agencements de la pure beauté,
Aux faîtes les plus denses comme les plus convoitées, toujours développant les isthmes précurseurs,
Que les étreintes scintillent sur les promontoires se dressant sur le vide comme le néant, dans des écheveaux majestueux.

Mémoires de signes ne se divisant, dont la promptitude et l'allégresse enseignent les sommets à atteindre,
Par la perspicacité des offrandes comme des dons, aux pluviosités marquant de leurs fleuves les candeurs expressives,
Ces natives semences de la pluie de l'ivoire et de ses gerbes acclimatant les ondes magnifiées s'élançant vers l'unité.

Propice demeure, où les espaces se circonscrivent, s'étoffent, et dans de fractales désinences inondent la clarté,
De leur métabolisme fantastique, où se retrouvent toutes les facettes de la création et de ses orbes, aux multiplicités radieuses,
Témoignant, sans lassitude, des ordonnancements capiteux menant vers la raison la plus divinisée comme la plus exquise.

Préhension d'orientations fidèles, aux incarnations navigantes et sereines, épousant les contreforts des falaises marbrières,
Attendant, des semis des vols de circaètes, les incandescences volages permettant d'en tresser les concordances,
Les précieuses corolles, où se retrouvent les florales avenues à la visitation précieuse et manifestée, ceinte d'une oriflamme.

Sous l'aquilon, s'élevant dans les prouesses de liens profonds et dans l'histoire de leurs créateurs, là, ici, plus loin,
Par tous les lieux de la créativité, s'efforçant de coïncider les densités afin de les faire régner sur les temporalités,
Et par-delà les temporalités sur les espaces les plus limpides comme les plus majestueux, par les étoiles fécondées.

Danse de miroirs aux opales légères et ouvragées, devisant des sorts les congruités et les facilités surgissant l'épanchement,
De l'épanouissement dans ses conditions salutaires et générées, se décrétant dans l'unitaire perception de la réalité,
Ne se fourvoyant dans les gouffres des médisances et des sinécures, dans des vestiges sans lendemain s'admonestant.

Le Verbe en ses thuriféraires composants dessinant
par leurs orbes enseignés et révélés la parure de son
écrin,
Livre du signe de la pénétration des âmes dont les
corps, sans refuge, témoignent par l'esprit
conquérant,
Assistant les hymnes de présentations ne se
narguant ni ne se délaissant par les Êtres en
ramures de son flot.

De secrètes espérances par toutes voies épousant
les ruptures convenues de l'inutile bravoure et de
ses méfaits,
Des croyances divisibles et de leurs fléaux de
guerre, aux menstrues hâtives et consumées, toutes
vêtures délaissées,
Pour comprendre le sens de la tonalité que les échos
répercutent dans l'infini, revenant pour inonder
toute substance.

Pour la coordonner dans des clameurs vivantes,
graduellement se civilisant afin d'offrir l'éveil d'un
parcours,
Dans une joie souveraine que les climats
correspondent, attisent et éprennent afin de forger
un pavois,
Étincelant et grave, issu de la perfectibilité comme
de la puissance, se portant vers l'avenir et ses
messagères inclinations.

Promesse et équilibre de toute faconde par les
riveraines coordinations se concluant aux règnes
incidents,
Dans des mélopées de veille et de pureté, dans des
antiennes sans limite gravitant les prières du songe
et du rêve,
Dans ce satin des roseraies magnifiques, dont les
effluves s'étendent vers l'infini, pour porter à la
connaissance son refrain.

Dans une vertu glorieuse ne se renonçant, sans distinction, par toutes faces de rencontre et façonnées,
Par les multiples raisons des labiales contiguïtés, par les sentiers d'onyx et les forges diamantaires crénelées,
Alimentant les assauts conjoints du désir d'être de pulsions motrices permettant leur envol au-dessus des eaux.

Par-delà la nature précieuse, certes, mais éphémère, afin de rejoindre l'abondance de sa viduité dans l'éther élaboré,
Avant que de sa gestuelle il franchisse les portails magnifiques le menant vers sa réalité énergétique et primordiale,
Pour assumer la densité du dessein que l'Absolu lui enseigne, de toujours et par toujours lui propose, afin de le rejoindre.

Salvatrice formalisation discursive d'un épigone consentement se marquant par les sphères ouvragées,
D'une sérendipité majeure initiant des mystiques processions les obdinations maturées et consistantes,
Survenant une holistique consécration par d'infrangibles manifestations relevant de l'ordination la plus magistrale.

Où se tient le lieu, le tremplin des houles monocordes striant les aventures promptes de vecteurs ondulants,
Démasquant les scories pour les anémier et surgir, de l'inconsistance, la volonté naturelle reliant l'infini et ses voilures,
Dans des souffles irisés, dont les effluves partent vers les mondes pour en assurer les arcanes votifs et mélodieux.

Où la sérénité pleut ses gravures fécondes, dans des liserés de perceptions assouvissant les sources de leurs eaux de miel,
Par les saisons sans outrages, percevant aux orées les calices diurnes et nocturnes certifiant la pérenne demeure,
Dont les téguments sont spontanés encorbellements de radiations développant des énergies fugaces et avivées.

Délivrant aux prunelles les visions nanties de la prospère invitation permettant d'attraire, au-delà des obstacles, les sépales providentiels,
Se hissant vers les domaines où s'éclaire l'impétuosité, se dominent ses excès et s'induit son flux moteur déterminant,
Axant par ses élytres les données du firmament non allusif, mais précis, initiant une vertu palpable et coordonnée.

Que les voliges sustentent de maturations les plus suaves par les jardins aux floralies de douves saillies,
Épousant les nuptialités de rayonnements voluptueux, aux parures émondées, par les cycles rencontrés,
Aux assises pénétrables d'ordalies de passementeries joyeuses, étincelant le doux verbiage de la nue.

Son contrôle, sa livrée et ses répercussions frontales, dont se ceignent les sculptures aux formes élancées et divines,
Pour apparaître à l'être sa dimension dans ce repos de l'instant coopérant ses ébauches, ses prouesses et ses dimensions,
Afin d'éclore en ses sentiments le bruissement de la palpitation du cœur, régi et puisatier de toute harmonieuse destinée.

Orientant les rimes à leur prononciation évacuant les vides, les soupçons, les tragiques amertumes et les escarpements,
Pour de sa fibre élever les passions dans leur abandon, dans leur don le plus signifiant et le plus expressif,
Dans une magistrale conquête que les senteurs émanent de sentences pluvieuses et solaires par les rives éthérées.

Où se tiennent les lys dans leur feuillage amoureux, leur limon argenté, que survolent les oiseaux de feu nuptial,
Au pépiement glorieux, enseignant aux vêtures de l'été les prémisses de la gravitation et de ses festives grandeurs,
Ensemençant les nobles sillons sans servilité, sans contingence, toujours s'élançant vers la perfection radieuse.

Pour en rayonner les tendres émois, les conciliabules les plus secrets et les féeries les plus exaltées,
Dans une joie voyant les coralliennes effervescences muter vers le présent de l'espace igné et de ses frissons divins,
Dans ce passage de la dignité accomplie qui prie, élevant ses mains vers l'immensité pour en répondre l'infini.

Prélude impérial que les notoriétés concrétisent par la venue de l'orbe mystique sur les prairies diaphanes et ocrées,
Voyant des citadelles novices s'épancher, s'enhardir, se convenir et, dans la pluralité des semences, s'épanouir,
Donner naissance à l'armature fidèle et bâtisseuse orientant leur officiante perception dans l'hymne de la créativité.

Consacrant les divines essences, où les sortilèges ne se réfugient mais dansent sous l'aurore et ses serments,
Dans des vacuités exondées glorifiant les desseins des emprises sur le néant et ses contrariétés exhaustives,
Délimitant par les prismes de filiales jouvences, ordonnant leurs concrétions dans des latitudes où l'ouvrage s'incarne.

Naît puis se développe, dans des précocités acclamées, que les paroles fulgurent de moments de grâce intime,
Et d'éternité, car portées de royales effervescences ne se détruisant sur le couchant mais, parures, se dressant sur le levant,
Pour fertiliser l'oasis et ses convenues habiletés, édulcorant les frondaisons aux litanies sécurisantes, parfaitement inutiles.

L'expression du réel ne s'ornementant de la moiteur réduite à la cendre, mais de son sort enhardi par les orées,

Agrémentant les nuées des sereines modalités de la visitation superbe, où s'émeut le chant en ses racines,

Dans des voix amènes décrivant leurs circonstances épousées pour façonner les mystères et leurs moissons

Dans de calmes attitudes sans naufrages, par ces horizons où la félicité s'adresse aux mondes en gestation,

A ces sphères des univers, aux granits ensommeillés, attendant les universaux maintiens pour se confier au temps présent,

Dans la caresse des nuageuses prestances, où se lisent les connotations majeures de l'élévation la plus féconde.

Hâtant des styles les fastes des échos aux rires enrubannés et aux sourires inscrits par la tempérance et ses éclats,

Ses prestiges et ses devises, révélant des ramifications prestigieuses inclinant à la soif de toute intuition,

Dans un partage, dont les reflets viennent les brisures des temples comme des nefs marbrières altières.

Dissipant les limons graciles des tourbes, de leurs fenaisons soucieuses, et de leurs ébauches en sursis et sans façon,

Tous intrépides passagers se leurrant de l'entrain comme de l'alacrité par inconscience, par volupté ou par désir,

Tous dans l'écrin de l'immobilisme accru ne permettant de surseoir aux incantations belliqueuses et tronquées.

Stades où s'attend la vitalité dans ses exactes combinaisons, montrant l'exemple par toutes faces comme par toutes faces,
Dévisageant les incarnations de pouvoirs supérieurs ne s'autorisant mais se déclamant pour asseoir la potentialité,
Celle acquise comme celle en correspondance, comme celle encore en action par les liesses des univers engendrés.

Témoignant de la possible appartenance, de cette enluminure, ne se dessinant uniquement sur le levain,
Et des pages et des grimoires, sursis par les autorités sans réverbérations dont les âges sont décrépis,
Car mouroirs des concepts aristocratiques vêtant la prospérité et ses dons précieux que fortifie le savoir rayonnant.

Précepte de la Vie dans ses opalescences les plus votives, dans ses approbations les plus intimes, où s'initie le règne,
Ses fastes et ses jouvences, que les fruits portent vers la nue aux résonances des empires et de leurs fêtes à Midi,
Soulevant les abîmes de prononciations épousant les vertiges pour en décimer les frugales dissonances, dans une gerbe de corail.

Par la perception de toute configuration concordant l'état de l'harmonie et de ses rives sans le moindre refuge,
Sinon celui de l'enfantement promut et concentré, dans la phase dialectique d'un déploiement vital et ornementé,
Adage des finalités exhaustives qui ne se corrompent dans les atermoiements et leurs insipides gravures.

Le ferment de l'essor captivant les étreintes comme les florales abnégations pour les hisser vers la perfection,
Cette essence souveraine fortifiant les demeures en les enluminant d'une contenance aux conséquences habiles,
Insoupçonnées par les ensommeillés, devinées par les éveillés, par les Temples et les Cathédrales fêtant toute gloire.

Dans les écharpes cosmiques livrant les combats de la moisson divine, détaillant dans ses rimes les parcours ajustés,
Les ciselures et les précieuses fresques dont l'histoire nous conte les ambres parfums, les effluves odorants,
Ces charmes indiscrets posant pour la plénitude et ses vertus par-delà les déboires et les enlisements spontanés.

L'écume dans la brume surgissant des limbes pour affleurer les temps d'un essaim victorieux hâtant les indécis,
Relevant les formidables défis des doléances dans leurs armoiries diverses, s'écartant bien souvent du layon de viduité,
Pour forger dans les lacs infortunés des digressions sans retour, s'épuisant de la matérialité pour la correspondre.

Dans l'oubli de la vitalité ne se laissant mortifier par ses souffles abscons, ses aquilons mauvais et ses alizés tempétueux,
Le Verbe en leurs colonnes dissipant les outrages les gréant, dans des intrigues sans rayonnement ni espoir,
Là, dans cette gratuité des termes qui immobilisent, enchaînent, et dérivent invariablement l'élégance dans les oripeaux.

Alors que se dresse dans le firmament la vêture du propos, la civilisation profane se devant d'en atteindre les draperies,
Pour déjà, d'un essor, confondre les masques et leurs rictus offensants, leurs fosses putrides où l'innocence se ternit,
Tout de vacuité aux horizons de pourpre libelle s'imaginant la promesse des eaux et des terres comme des cieux.

Tant et tant de rives broyées sous ses couleurs sablant de sueur et de larmes les écoutilles au levant des escarpements,
Régissant les inutiles écrins du vide et de ses moisissures, où se désorientent les plus nobles et les plus invariables,
Pour verser dans les moires aisances leur éclat et l'entacher ainsi à jamais de la flétrissure de la lâcheté.

Torve demeure dont les oasis se sortent pour se parfaire, par-delà leurs négligences et leurs achèvements incongrus,
Tandis que sur les pinacles se dessinent des nefs de cristal et d'ivoire pour mener les équipages vers les routes blondes,
Ces avenues diaprées de silence et de voix multipliées vouant aux comètes la modélisation de leur orphéon.

Préciosité de vagues sur les fronts les plus éthérés comme les plus matérialisés, aux ondes de grenat déversées,
Immergeant les maturations des existentielles composantes pour en abroger les scories et les liesses,
Sans couronnement devant l'épure distincte menant vers les sommets de la splendeur où se tient l'âme universelle.

Gravant de ses ordonnances les émaux des parchemins effeuillés, pour les efforcer à une avance impartiale,
Altérant les discontinuités et les formidables errances se congratulant dans les marais des assonances,
Pour mieux se corréler dans l'immobilité, cette verrue du néant sacrifiant ses euphories par cruelle incapacité.

Alors qu'au signe se correspond la volonté initiatrice de vastes flamboiements, dont les roseraies assument les hyperboles,
Les enlacements et les frises sans regrets, témoignant de la sagacité impénétrable de l'ardeur se mouvant de liesse,
Dans des canevas précis, où modélisation et incarnation se destinent pour mener une campagne victorieuse.

Dans la douceur des printemps féeriques, sans allégeance des mortelles résignations, car toujours en lice,
Et des sépales et des pétales des nuageuses préhensions, comme de leurs perceptions gouvernées et fulgurantes,
Progressant vers ces Édens aux couleurs charriant des livrées de prestigieuses éloquences aux voix superbes.

Naissant des limons et des alluvions les fières escapades se destinant au déploiement vers les confins,
Où se tissent les harmonieuses conclusions des agissements, dont les écorces, par les tumultes, achèvent leur mue,
Saillant ainsi de toute part les profanations pour les destituer de leurs piédestaux de fourberies, où l'inconstance ploie.

Dans une mystique coordination d'œuvres, sans enluminures, se livrant à la pâmoison de cercles embrasés,
De sphères en volitions de leurs parures, témoignant de leurs degrés d'opales aux grandioses finitions,
Menant vers la Cité Impériale et ses fortunes, où ne se mesurent les vagabondages mais bien les matrices convenues.

Dégageant, par leurs émanations, les fluides insouciances des ivresses pour façonner la nervure de l'onde,
Inscrite aux profusions des entrelacements les plus féconds et les plus vifs, les plus suaves et les plus limpides,
Permettant l'ascension de toutes formalisations dans un avenir aux stances unitaires et conquérantes.

Clameurs sous l'horizon où volent les oiseaux de feux, Aigles et Circaètes, les uns sur les terres, les autres sur les Mers,
Advenant les floralies des épices flavescents par les cales des navires ambrés de lactescence et d'iridescence,
Où se tiennent les armées et leurs somptuaires définitions, assurant les moindres sillons de leur implacable réalisation.

Ouvrant sur les latitudes les efforts concentrés initiant l'éclosion d'une perfection menant des cargaisons d'eaux vives,
Là où hier n'inscrivait que des détails sans témoignage, des cloaques arides et des ferments isolés,
N'atermoyant qu'une esquisse pour s'imprégner de la fondation de leur creuset et déjà par révélation s'en évader.

Dans un essor majestueux et sans discorde dont les
événements ne tarissent sous l'enclume de fers et de
liens putrescibles,
Le fruit conquérant veillant à l'accroissement des
générations par des flots spontanés se déversant en
roseraies,
Allant, venant les essaims pour en affiner les gloses
comme les proverbes dans des épanchements
accomplis.

Ramifiant la sagesse enivrée ne se lassant de leurs
interruptions comme de leurs prestesses aux
suavités légères,
Délaissant tout conditionnement afin de voir briller
dans les yeux des vivants le désir de se parfaire et
de s'éclore,
Embraser les sens de toute existence, par les
chemins les plus tendres comme les plus votifs,
dans un parfum d'illumination.

Dans cette étreinte fluviale menant de portuaires
désinences vers les Îles ferventes, aux apports
grainetiers de la pensée,
Dont les nautoniers sèment les instances par les
terres de rencontre, et les continents aux
audacieuses acclimatations,
Sur ces parterres de passementeries aux
chatoyantes couleurs irisant, de leurs fières
essences, les mondes habités.

Ces univers hier de glacis et de formalisations dantesques, ce jour de raison et d'harmonie se propulsant dans l'espace,
Pour, de leurs nébuleuses enseignées, forger les lys renouveaux aux plénitudes enfantées par la grandeur et la joie,
Dans cette force, rayonnant de la gravité comme de la fertilité, où s'initient les coordonnées du réel et de ses formations.

Œuvre de majeur continuum s'élançant dans les hélicoïdales transformées des alliances conjointes et ramifiées,
Dont les concaténations fluides vont les fins fonds de toute conscription de l'éventail créatif, afin d'agréer sa prière,
Dans des volutes, dont les dithyrambes corrections inventent, par les immensités, la destinée de voyages infinis.

Par le prisme du flot, aux confluences légères et ouatées pénétrant les sillons arbitraires et les complaintes désignées,
Irradiant de ses écumes les moiteurs diamantaires des rescrits de la glose nouvelle, au prairial élan accordé,
Délibérant aux matures les complétudes voguant vers les infinitudes, où s'ébattent les sèves des firmaments.

Dans des stances émerveillées, où toute création trouve sa motivation, de la plus profane à la plus singulière,
Manœuvrant des rythmes, aux épures développées, permettant d'ébranler les forces majestueuses dévoilant les mondes,
Dans des consonances d'hymnes telluriques et précis, aux résultats délibérant les potentialités animées et fécondes.

Présentes, aux majestés distinctes, aux galops
fougueux et téméraires, se précipitant, sans hâtive
confusion,
Vers ces semis de la plénitude incorruptible, veillant
sur les pistes d'or les parures des florales
connivences,
Pour d'un parfum, substituer aux effluves mauvais
les fruits d'un serment se manifestant par des ondes
natives.

Émanant de souffles ne se distillant dans les
plaintes et dans les agraires compassions, mais
toujours gradués,
Alimentant la certitude dans ses refrains et ses
cantiques, instituant les armatures d'agencements
gracieux,
Délimitant les rives de la splendeur et de ses
émotions, délaissant, surannés, les désœuvrements
lapidaires et atterrés.

Pour d'un mouvement de vagues incarner la désinence précise de vœux aux orientations émanées et conjuguées,
Dans des nuances, dont les séductions ravissent la perception pour l'ourdir à la préhension des cheminements,
Menant aux allégresses et aux gaîtés, dont les éclats fertilisent les tourbes émaciées d'un sourire comme d'un épanchement.

Magnifiant l'idéalité dans ses aubes tumultueuses, où se baignent les lys dans la clarté irradiée de lacs ornementés,
D'or et de quartz, d'argent et de tourmaline, d'agate et de schiste, aux amantes concrétions avivant les cieux,
Et par-delà l'horizon, les formaliser par toute face, sans deuil de promesses, sans oubli de leurs racines altières.

Chacune d'entre elle participant à l'éloquence des univers, que les vents portent vers les vœux les plus exaucés,
Dans de coutumières opérations marbrant les terres embrasées de styles opérants aux adventices réalisations,
Les unes les autres parsemant la Déité de leurs incantations, dans des florilèges contemplant le pur devenir.

Moiteur de roses et de lilas dans la pénombre des douceurs merveilleuses où nagent des oiseaux de lumière,
Aux forces précises de conglomérats visiteurs, où se présentent, dans les vapeurs et les soudaines parturitions,
De vives arborescences témoignant des orbes bâtis, précisant les ordonnances interférentes et toujours renouvelées.

Par les prémisses de travaux effectués, tels des bourgeons, s'irisant de la beauté plénière de la contemplation,
Afin d'assister l'essor et ses forges qu'élèvent, dans un étincellement de gloire, le savoir et ses ramifications,
Ses doutes aussi, mais par-delà leurs incompréhensions, les diaphanes créations permutant l'indécision.

Convoitise de voix par les espaces intersidéraux, attendant la mesure et la mélodie de leurs feux antédiluviens,
Pour apparaître leur novation dans une acceptation veillant à leur détermination, et non seulement à leur conquête,
Là, dans cette maîtrise se devant par toutes les faces des constellations, leur permettant de naître à leur association.

Ainsi dans le Verbe les semences du zénith, dont les parcours sont moisson, et péréquations des altérités concertées,
Menant vers l'impérieuse densité, que les flots déversent continûment par-delà les falaises marbrières,
Vers l'étendue des infinis ébauchés, où s'engagent les moissons et leurs exquis pouvoirs de maturité que rien ne peut détruire.

Le sens du vivant ne se coïncidant dans les abîmes, les alvéoles, les gouffres, le vide, le néant, toutes forces illégitimes,
Mais lentement, et sûrement, se déployant par les sommets étoilés, les horizons de ces mondes de luminosités,
Où les coloris sont les arcs-en-ciel de saisons à naître et perdurer par des temporalités se hissant vers les espaces.

Dans une multilatéralité d'épanchement, par des compénétrations signifiantes, par des degrés ouverts et sublimes,
Veillant inlassablement à l'esprit d'élévation, qui doit, inéluctablement, resplendir dans l'aventure vivante glorifiée,
Hâlant, des principes et de leurs ordonnances, la régénérescence de toutes divinations par les orbes de l'Absolu.

IX

Où se dissipent les antiennes dans de vastes
farandoles aux écrins surannés, dans l'élément de
la gravitation,
Le feu sourd, lentement, ses intronisations et ses
prouesses de charroiements étincelants, par les
terres astrales,
Pour concorder les pâleurs monotones dans le
moirage de la poésie majeure, couronnant de son
sceptre l'Éternité.

Visiteur de mondes déployés, aux sources vagabondes, aux émois les plus sauvages comme les plus embellis,
La prestance ici nous convient-il de naître et renaître de flammes légères et désireuses, non d'un sursis mais d'une équipée,
D'une flamboyance dont les novations s'enfantent et se rebellent contre les affres et leurs discours méthodiques ignorants.

Le Verbe est talisman de cette fête de la jouvence s'apprêtant aux rayonnements hardis permettant l'extase,
Dans ses volontés comme ses nuptialités exquises, où les aquilons rencontrent les eaux pures de la déité et de ses règnes,
Attisant les indicibles constitutions des gloses ramenant au réel et ses firmaments d'écumes et de houles.

Dans des novations sublimes, où l'éther se fonde et participe l'éloquence d'un vœu magistral à l'incantation prononcée,
Ici, là, dans les mansuétudes communes de la gloire ne se mirant dans l'infortune et ses navigations stériles,
Afin d'aborder les sillons d'un épanchement victorieux, par toute semence des énergies diluées et dissipées.

Forgeant par les mâtures exondées les principes des canevas frontaliers, où se tressent les hémisphères aux couleurs composées,
Devisant, altiers, les prononciations des cités à vivre dans le parfum des roseraies et de leurs ardeurs manifestées,
Dans ce conte des sérails aux olympes prestigieux, dont les temples parlent sous la progression solaire irisée.

Témoins des manœuvres affinant ses sérénades pour augurer les citadelles de présents organiques et festifs,
Conjuguant dans leurs trames les routes à prendre et civiliser, dans la magnificence et l'incarnation souveraine,
Habitant les contrées les plus lointaines comme les plus belles, à définir dans les formes pour les délivrer de l'informe.

Constante des appariements, dont les symboles n'échoient les tempérances mais uniquement les volitions,
Dans des ordonnances ne se destituant de leurs rimes comme de leurs odes, l'hymne sevrant toute destinée,
Pour la porter à son zénith sous les auspices précieux de la vitale perfection engendrant la noble perception.

Délivrant des abysses et des avens les plus ténébreux, inclinant à la pente les oublis et leurs atavismes,
Car hissant les prémisses d'orientations labourant les limons ciselés de la plénitude et de ses étanchements,
Où la soif s'enchaîne, où la faim se terrasse, où l'organisation se lève pour franchir les détroits les plus ténus.

Afin de développer, dans les cristallisations amènes, les floralies culminant les précipices, allégeant les fardeaux,
Comblant les lagunes des moires désinvoltures, animant les fruits de l'été insistants aux principes de la joie,
Aux harmonieuses densités, où les euphonies habiles et sûres hâtent la fuite des éléments disjoints.

Alors que se dresse l'oriflamme de l'éclat des multitudes par toute gravitation, et que ses nacres adamantines,
Dans la pluviosité des actes, se destinent au parcours le plus impétueux comme le plus signifiant,
Pour ouvrir toute raison à l'imaginal et ses vertus, façonnant les cœurs à la palpitation intime du chant des Univers.

Prélude des âmes dans la gloire messagère des
rescrits de la Vie, en ses fêtes et ses hymnes
essaimant l'iris,
La vision estimée compénétrant toute victorieuse
ascension par les termes enfantés aux degrés de
leurs histoires,
Les unes surannées de dysfonctions, les autres
enhardies par la prestance de l'aurore et de ses
mystères ouatés.

Toutes forces en devenir éclosant leurs principes
dans les manifestations les plus variées comme les
plus élémentaires,
Dessinant sur la page des espaces les adventices
préhensions de la lumière, par-delà ses vestiges et
ses épures,
Divinisant, conjointes, les routes fluviales advenant
la permanence par les rus en grâce d'un abandon et
d'un don.

L'un l'autre, dans leurs épanchements profanes,
délaissant l'insouciance pour rejoindre les rives des
horizons lointains,
Menant vers les complétions devisant les étreintes
des pulsions, pour en écrêter les correspondances
malhabiles,
Ces incertitudes dont les poudroiements sont
naufrages de vitales harmonies souhaitant une aire
de nuptialité.

Le tremplin des âges évoquant leurs attitudes et leurs actions, les unes téméraires, les autres balbutiantes,
Toutes dans le silence de la propriété intime du déploiement, ne se lassant de mettre en œuvre toutes parures,
Afin qu'exondées elles se dressent dans l'infini pour assurer les devises de la pérenne demeure et de ses agencements féconds.

Par une irisation de la volition, couronnant les somptuosités ne se prêtant à l'outrage, mais toujours se hissant vers la fortune,
De l'existence aux rameaux fluviaux, allaitant de prismatiques essences les passementeries de toute corrélation,
Là, ici, plus loin, levant le flambeau vivant de strates éperdues aux écheveaux de marbrures florissantes.

Augurant le dessein de la Conscience universelle, se vêtant des trophées de l'avancée impérieuse, où la nécessité brille,
De tous ses feux les acclimatations, les conséquences et leurs orientations décimant les dramatiques errances,
Leurs troupeaux de souffles ovipares, leurs denrées nuisibles et leurs courses malhabiles par les densités éveillées.

L'éclair de sa joie se prononçant, dans les sylves phosphorescentes, les orées pénétrables et salutaires,
Mettant en exergue les lacunes mystificatrices pour les rendre à la poussière labiale de leur désertification,
Le sens de cette entreprise se corroborant par les gestes affectives de noblesses, ardentes de toutes prouesses.

De règnes aux ensemencements précoces, dévoilant dans la sûreté de leurs équipées les trames à vaincre,
Leurs reflets ne se laissant défaire par les sortilèges et leurs mannes sans repos d'alluvions déliquescents et torves,
Ces masques de tourbes alitées dans le marais des stériles incantations, dont le souffle emprunte les opiacées.

Uniquement pour les balayer et les réduire à leur plus simple expression, qui est celle du moment, de l'instant,
Ne pouvant contrarier la capacité dans ses épanchements, dans ses transitions et ses coordinations,
Achevant de désintégrer les mystères pour en déployer les facondes et en transcender les verbales demeures écloses.

Ainsi le Verbe dans ses agilités, dans ses motivations, dans ses formalisations, dans son exhaustive appartenance,
Dans cet écrin sublime qui le naît, et dans la parure des mondes qui l'enhardit pour croiser les épithéliales splendeurs,
Leurs volontés, leurs suavités mais aussi leurs naufrages, et pour ces derniers en amarrer les contraintes.

Pour les parer, non d'un sursis, mais d'une vague haute sur l'Océan des univers, et maintenir leurs oriflammes,
Dans une force cohérente leur permettant de s'extraire des limbes et de leurs tristesses consumées,
Tous ces voiles de l'esprit où meure l'alacrité pour le statisme inconsidéré des moires aisances complaisantes.

Ces strates sans honneur rugissant leurs armes de labours incertains, dont les socs se heurtent aux rochers,
Dans des ressacs d'étincelles se portant au ponant de constructions hâtives et votives, s'efforçant non à être,
Mais à paraître, pour honorer des sillons aux conflits détonants des rages de tempétueuses manifestations dégénérées.

Stances des ilotes, aux marmonnements inconsistants, s'accommodant dans l'anémie et ses motivations,
Dans ces artefacts où la lumière ne surgit, laissant aux ténèbres les droits absolus sur des autorités évidées,
Sans contradictions, se flouant dans le cœur même de leurs incessantes reptations, les conduisant dans le pur néant.

La volition ne se fracassant devant leurs ordonnances, leurs degrés de vacuités, leurs immolations proscrites,
Son hymne insinuant toutes faces de leurs terribles assauts pour en défaire les armures comme les devises,
Toutes ces malléabilités que les scories efforcent par les temporalités, dans des formalités astreignantes et surfaites.

D'intolérance le rythme dans sa perpétuation, non l'intolérance raffinée permettant d'évacuer les scories,
Mais l'intolérance des damnés ne se récompensant que dans la fange de leurs égouts, où se vautrent les rapaces,
Les dénaturés et leurs offrandes, tous ces bubons dont la pestilence odore et réjouit la bêtise comme la médiocrité.

Dérives formelles se retrouvant dans chaque essaim grégaire et grabataire, en prosternation devant les putridités,
Les bestialités, et allant même jusqu'aux remparts de la matière rudimentaire pour assouvir leurs instincts de piètres configurations,
Où la vilenie comme les tourments sont allusifs de proies, dont font agapes les charmilles de bronze et de lumière.

Le sordide ne pouvant naître dans les torrents de la joie et de ses affluents les plus tendres comme les plus beaux,
La nature même de la Vie ne se glorifiant dans l'insane et ses impropriétés, ses noctambules désinences,
Ses faces rebelles et turgescentes, où les affres se mêlent dans la virtualité usagée et stérile comme dans un miroir.

Mystère de livres aux pages effeuillées aux hagardes consonances, dont se détournent les regards qui ne s'affligent de leurs menstrues,
Pour mesurer leurs soucieuses afflictions et en dérober les espaces lumineux afin d'y attraire la nécessité,
Pour exaucer la féconde persévérance, et voir enfin se disperser les gestes sans devenir, les cris sans le moindre avenir.

Mémoire des antiques demeures, aux verroteries et aux facéties en nombre, ceignant les trames des fresques de l'éther,
Devisées dans les correspondances ne se perdant dans leurs lamentations, mais prenant le layon de l'horizon,
Profilant dans l'azur les nefs victorieuses de leurs instants comme de leurs moments de doutes afin de parfaire la viduité.

Là, ici, plus loin, toujours sans refuge, toujours sans délétère perversion, leur cil ouvert répondant des cieux,
Leur voix dans son éloquence délimitant les surfaces à circonvenir, les épopées à entreprendre, et les vides à disparaître,
Par la visitation de diurnes manifestations ne s'inscrivant dans les encorbellements d'un superfétatoire apparaître.

Le vivant, en son miel de couleur, lentement évoluant les ramures de la perfection dans des propulsions foudroyantes,
Propulsant la voie pour engendrer ses racines, guider les rus vers les majestueux frontispices des Peuples à éclore,
Dans l'Unité novatrice, fortifiant tous les degrés de la beauté comme de ses chastes environnements, par le respect inconditionnel.

Ce respect de la nature dans ses développements, ses prestigieuses coordinations, ses forces gigantesques,
Ses telluriques appropriations, ses gravifiques autorisations, ses dualités comprises et ses réminiscences accomplies,
Dans le secret des énergies limpides aux prudences effectives, aux résurgences de contemplatives destinées.

Se délivrant des objurgations, des apparences et de leurs jeux de masques et de fêtes, pour embraser sans tumulte,
L'aristocrate règle de toute existence, dans son épanchement comme dans sa fertile épopée générée et manifestée,
Où le sens trouve ses correspondances, pour s'élever et attribuer, se hisser dans la tempérance et la volonté.

Vers ces fruits des mélodieuses préhensions, où se tiennent les floralies ultimes en leurs couleurs magnifiques,
Ordonnant, encourageant, toujours animant les prémisses aux vertus les plus unies et les plus délicates,
Les plus fortes et les plus vives, pour en mener les destinations vers ces seuils frontaux, dont le franchissement est limpide.

Pour l'ordonné, dans l'humilité, pour le conquérant, dans la gloire, pour le sage, dans la flamboyance, dans un état de grâce,
Dans cette particularité du vivant s'élevant vers son Créateur pour non saturer un vide, mais s'associer à sa route divinisée,
En suivre les méandres et en composer les vertiges dans une épopée sublime menant au-delà des temps comme des espaces.

Là où se tient l'effective destination, là où ne se prononce le nom, où ne s'inquiète le vivant, où ne se tait l'élan,
Car de ce tout engendrant la prodigalité de l'Éternité et de ses seuils, où se propagent les radiations merveilleuses,
Des jonctions de l'harmonie et de leurs détails fastueux, dont l'intellection grise toute plénitude de firmament.

Florale devise de toute imprégnation, constante quel que soit le degré de l'évolution, correspondant le réel,
Dans cette fenaison comme cette moisson des incarnations introduisant, de cycles en cycles, les vertus propices,
Surgissant l'exfoliation de toutes choses comme de toutes formes, afin d'en fortifier les iridescences magnifiées.

Préambule à toutes réalisations façonnées et
œuvrées par la tempérance altière ne se
circonvenant,
Voyant, des surgissements, la venue des
passementeries de l'été dans leurs novices
processions aux ornements désirés,
Et leurs sveltes attitudes, s'emparant des rimes
pour en accorder les mystères bâtis et les secrets les
mieux gardés.

Où n'est de douve l'aventure dans les régularités les
plus libellées, les plus opérantes, mais dans
l'aubade de la brisure du couchant,
Magnifiant le règne du levant, affirmant de ses
étoiles les encorbellements des diaphanes succès ne
se perdant,
Ni dans les fourches caudines de talismaniques
stipulations, ni dans les phares agressifs de
monarques désinences.

Le cœur palpitant l'horizon de ses pulsations vitales
pour déchiffrer les clameurs comme les cris
montant des cachots,
Comme les prismes aux agates régies par les
paresses mentales, où s'aiguisent les indécences
prononcées,
Aux couleurs opiacées, dont les vides étayent
l'impermanence ne suffisant à l'éclairé hissant ses
oriflammes.

Vers la vertu messagère, puisatière de grand nom aux opuscules livrés à la vue de chaque destinée et de chaque respire,
Afin d'en formaliser les desseins et les pluvieuses connotations avivées, que les ferments recèlent opportunément,
Où toutes frises se dessinent, s'inventent et se partagent, pour assigner le vivant à ses flores les plus denses.

Par les domaines des règnes s'ébrouant aux brumes matinales des bourbes en semis, et de leurs convexions mobiles,
Assistant la pénétration des songes comme des rêves, afin d'en surgir, dans l'émoi, le vol de l'oiseau merveilleux,
Aux ailes de pure jouvence, apprenant la félicité par toutes faces des aires traversées, aux sols et aux éthers mêlés.

Volant vers la gracieuse constellation des rives édulcorées, où les magnificences sont de cristaux les embellies,
Ces diaphanes révélations que le sort élabore de pétales dans d'amantes préhensions révélées et souveraines,
Définissant de ferveurs les précoces randonnées par les terres masquées, jusqu'alors, par des périples insouciants.

Où se pare l'hymne de toutes gravures officiées par les antiennes, aux limites de perspicaces admonestations,
Enlevant les poussières d'écume des phosphorescences pour en naviguer les principes naturels,
Dans des fresques que de diamantaires essors correspondent, intensifient et déjà glorifient d'or enivré.

Non l'or matériel, mais l'or spirituel, dont les
concaténations magistrales se lèvent pour tempérer
les perspectives,
Les rendre à leur propice conjonction les mutant
dans le potentiel, non de l'arbitraire, mais de
l'universel,
Dans ses densités précieuses, où se meuvent les
enfantements et leurs arceaux de nidifications
convoitées.

Par les laves en fusion des ambres et des parfums,
couronnant les nefs de partitions aux mélodies
déployées,
Afin d'en parfaire les lignes et en acclamer les
parcours, là, dans ces Îles du firmament enseignant
la maturité,
La perspicacité, et dans l'altérité, la manifestation
de la puissante action mutant chaque essaim à son
apogée téméraire.

Du schiste des citadelles, l'enluminure aux fauves
assonances, dans des préludes majeurs où
s'efforcent les gloses,
Les appariements des voix, aux résonances
tumultueuses, saillant le désir de l'effort les mutant
à l'astralité,
À cette conséquence du dépassement se fortifiant de
la réalité ne se confondant dans la virtualité et ses
maux.

Dans des épanchements, où la plénitude entendue
agit les forces de l'exacte ascension permettant
d'enraciner ses flux,
Dans une haute vague de promesse par les cités,
aux ébruitements caractéristiques, révélant la vitale
perfection,
Messagère des origines sous le vent, des algues sous
la nue aux transparences effectives, agissantes et
déterminées.

Induisant par leurs fertiles avancées les victoires
agiles et fertiles sur les navigations stériles et leurs
rancœurs monotones,
Monocordes, et sans lendemain devant la
perspective se tressant des sépales de la fenaison
des jours et des nuits,
Des espaces les plus ourlés, aux propos purifiés, ne
se lassant des rives à concorder par les fastes et
leurs ravissements.

Ici, là, dans le bruissement des attaches se devisant sur l'aire conquise, par les marnes et les humus glorieux,

Par les forêts d'ombres et de contrastes, aux orées déversant des flots d'êtres par les champs de gloire où s'inscrit la Vie,

Pour activer les fraîcheurs des printemps issues des ravines des nuits hivernales, dans la flamboyance éclose des étés.

Avant que de se fondre dans la nue et ses colorations marbrées de bronze et d'oasis, de fougue et de désir comblé,

Afin d'offrir aux passants de la temporalité les écrins de leurs assainissements, dans l'énamoure comme dans l'affection,

Dans cette fête ne se corrompant devant les brutales matières, mais stylisant leurs principes pour en rayonner la mesure.

Une mesure ne se délaissant par les ouvrages achevés, mais anthitétique éduquant toutes faces remarquables,

Par les ramures des enivrances assemblées, dans ces écrins, où se jouent les majestueuses mélodies offertes,

Ouvertes sur les conquêtes les plus prestigieuses comme les plus éloquentes, afin d'idéaliser le serment des vivants.

Sur ces rives de lacs moirés, où papillonnent les embruns de la course du firmament, dans ces luminosités,

Ces étincellements, situant sur les remparts des tremplins sacrés, permettant de se propulser vers la féerie,

Et non seulement stagner dans des aréopages, où disparaît le mot pour s'inventer un silence ne menant qu'au néant.

La force libre de l'appartenance assignant cette
défection en alitant ses avaries et en sermonnant
ses dires,
Afin de les éveiller à la tendre nuptialité de la
créativité dans tous ses états comme dans toutes
ses arborescences,
Dont les viviers se félicitent, s'octroient et
s'épanchent pour magnifier l'imaginal et ses
noblesses conquises.

Développant des armatures répondant à la raison
du rythme, et de ses couronnements dispensant
l'harmonie,
Cette entité dont chacun recherche le souffle par les
étendues les plus novices comme les plus
architectoniques,
Dans une ode où les notes se déploient et irradient
par les coupoles afin d'entrer en résonance avec
l'immortelle Éternité.

Où s'inscrit la gravitation que la nécessité palpite de sacres ardents et de styles aux volontés complétées et magistrales,
Annonçant aux limbes les rescrits de fourvoiement et les avens de qualifications sans fondement, de par les maelströms,
De par leur statuaire dessinée, dont les ramifications se perdent dans la nuit, où ne se retrouve l'ombre elle-même.

Atermoiement de grégaires isolements, de façons sans issues, se tressant dans d'ovipares destinations cumulées,
Dont les rouages se cassent devant leur densité lentement se fourvoyant, et ainsi ne pouvant plus s'acclimater,
Ni même se surseoir, sinon que pour répondre à l'indéfini et ses conjurations profanes, nourrissant leur sort.

Dans des nébulosités inquiètes, des comparaisons fratricides, des édulcorations malhabiles et consternantes,
Déviantes et sans horizon, sinon celui des termes, prospérant leur évacuation vers le vide et ses analogies,
Toutes vêtures de récifs aux marches avides devant à jamais disparaître devant le flamboiement du Vivant.

Ainsi, par les fresques, ces émanations ressortant de suffrages oublieux, aux convictions imprécises et soucieuses,
Aux coordonnées labyrinthiques volubiles et disgracieuses, dont les temples se ternissent, les palais se noircissent,
Les terres aux paysages glorieux s'assèchent, tant d'imposture dans leurs roches lagunaires aux respires dénués de fondement.

Tant et tant, que les arbrisseaux leur répondent spontanément par un déni lorsqu'ils s'efforcent d'en complaire les mélopées,
Toutes voix ne se corrompant devant leurs invasions ténébreuses, leurs clapotis surannés, leurs essors larvaires,
La marque de la Voie persistant au milieu de leurs arcanes cherchant à destituer leurs incarnations vivantes.

Les anémier, les réduire à la poussière qui est leur devise, leur incantation, leur joie comme leur somptuosité,
Voyant des mille et mille logiques de leurs rets la destruction de toutes civilisations comme de toutes consécrations,
Par les infinitudes, où s'enlise la marche de leurs chœurs devant les armées impériales statuant sur leurs corollaires.

Leurs ébats et leurs débats, leurs fades résumés, leurs drames quotidiens, leurs effacements tribaux convulsifs,
Tous dans les stries des matricielles déconvenues, où se forgent des contractions temporelles aux intronisations innées,
Relevant le défi de leurs feux de paille, où les saisons s'estompent, se ruissellent, se déterminent puis s'épuisent.

Devant le sacre ne pouvant poursuivre la piste de
leurs espoirs, de leurs congratulations, de leurs
perfidies,
De leurs traîtrises, de tout ce qui démontre leur
insanité, leur fétidité, la permanence de leur
mortelle perversité,
Toutes ruptures avec le réel se noyant dans la fange
et le marais où se perdent toutes âmes dans des
litanies féroces.

Aux agréments mortifiés, scandant leur faiblesse
par des violences inouïes, des pouvoirs sans gloire
et ataviques,
De pauvres récréatives illusions battant des
pavillons simiesques, aux égarements participes et
tempétueux,
Alimentant ce vide, dans le sursis d'une heure
seulement, avant que ne s'en éprennent la Lumière
et ses voies conjuguées.

Prismatiques essences des légèretés situant, par leurs stances, les ordres admirables confinant à la sagesse épousée,
Irisant de ses rives les effluves lointains des étreintes éphémères des effusions d'une aube déployée,
Et conquérante, hissant, de ses floralies, les jardins enfantés par une présence majestueuse, aux yeux de plénitude.

Écrin des sources nouvelles à voir, étanchant les soifs de la beauté dans de cristallins éveils épanouis,
Où se lisent les frimas de la matinale fortune dressée, tel un éventail, sur les nefs argentées où danse une sirène,
Marquant de ses souples mouvements les fronts à atteindre, pour galvaniser les foules en semis des Îles coralliennes.

De cargaisons de sèves immaculées, glissant vers les continents leurs correspondances comme leurs festives candeurs,
Afin de fidéliser toutes sources de chagrins aux émérites victoires de la lumière, dans leur sacerdoce et sa puissance,
Relevant les épures originelles, ouvrant, par les préaux, les portiques permettant de s'évader des empires nébuleux.

De leurs strates, encore vêtues des éboulements de frises arrogantes et indéterminées devant la définition vivante,
Délavant ses regards bleutés pour les produire dans l'aveuglement de l'irréalité et de ses fourvoiements émaciés,
Dévorant les fruits de l'instant, sans en composer les fascinantes conditions, mesurant l'attrait d'une permanence.

Officialisant sur leurs routes nombreuses le rameau prairial portant le témoignage de leurs équipées sombres et cruelles,
Ne leur laissant subsister que le souvenir de ce qu'il ne faut pas étreindre pour pénétrer la divinité et ses instances,
Ses péréquations et ses monuments, où se gréent les assauts de la novation dans des ondes somptueuses et signifiantes.

Clamant les interdépendances de leurs singularités, aux souffles ondulants et sinuant de prospérités guidées,
Menant vers cet essaim de pétales et de sépales où les mondes s'unissent pour prospérer leur vitale affirmation,
Dans ce souffle de l'allégresse, que motive toute alacrité, charriant ses efforts dans une continuité habile et raisonnée.

Œuvre de l'heure, en ses rassurantes combinaisons, où s'éveille le parfum des entremises évacuant les désinvoltures,
Pour parfaire la ciselure de la sculpture de l'élément primordial, en mouvement sur toutes surfaces comme toutes temporalités,
Afin d'attraire ce levant des étoiles blondes, où se mirent les caducées des antiques présences antédiluviennes.

Regardant, sans soupirs, les motivations se hisser dans des avenues diaphanes et mordorées, où s'inscrit la majesté,
Ses festives connotations livrant l'espèce à la nature profonde de la raison tempérée par l'imaginal et ses ardeurs,
Dans des mesures sustentant les ères sans repos, se dirigeant vers les seuils dévolus à la genèse et ses éclisses révérencielles.

Mannes sans absence par les téguments de l'intelligence s'efforçant, lentement, mais sûrement à la connaissance,
À son impartiale nécessité, prodiguant les espoirs de natives efflorescences allant les contrées de la prépondérance,
Et déjà, par la maîtrise, magnifiant le sort d'une équité équilibrée voguant, de sphères en sphères, vers l'Universalité.

Vertige des souffles à mi nu par les temporelles addictions se dressant contre leurs chaînes et leurs avilissements,
S'élevant dans les embruns pour porter la moisson d'un couronnement au-delà de l'isolation et ses ténèbres consolidées,
Afin de s'inscrire dans la parité des solaires manifestations, et de leurs sens couronnant la préciosité vivante.

Arguant par les rives les feux ne se rejetant, mais attisant les moindres ombres pour en apprivoiser les parures,
Les défaire de leurs ornementations et les rendre ainsi à la parousie et à son devoir, dans la supériorité de la veille,
Dans la sapience de la concrétisation de toute vitalité, consolidant son devenir par l'établissement de sa génération.

Où se répondent les hymnes dans des voix précoces et entretenues par le souci de la perfection, sinon de la perfectibilité,
Toujours prévisible là où se mêlent, avec décision, les contraires pour établir dans leurs ramifications désordonnées,
Les liens et les lieux effectifs leur permettant de naître à la sollicitude effective, à la solidarité impérieuse.

De sylves en prairies, de fortifications en forteresses, de cités en bastions, naissant le répons enhardi manœuvrant cette efficience,
Par de fortes et vives configurations aux orientations précises, advenant la mature destination de schistes colorés,
Aux marbres embellis, aux grenats engagés, aux tourmalines déployées, toutes roches aux amènes considérations.

Les unes ne se laissant perdre dans les ravinements de la pensée, les autres ne se laissant déguiser par les paraîtres,
Toujours flouant l'indécision et ses mobiles, là, ici, plus loin, par les assemblées se gréant afin de comprendre leurs émois,
En saturer les funèbres déliquescences et leurs moires aisances, toutes avanies de la contrition contribuante.

Dans des fresques coralliennes, où l'Histoire surgit le dire et embrase toute recette des existences exhaustives,
Pour en naviguer l'essence comme la substance, en retirer l'épithéliale maturation œuvrant sans duplicité,
À la raison de la coalition des structures comme de l'organisation nécessaire à toutes applications réelles.

Matrice des ferments de l'esprit et de ses autorités, sous le dévisagement des énergies couronnées et des corps nourriciers,
Où se tient l'Être, dans sa formidable gravure, dont l'unité brille les circonvolutions comme les volontés sans failles,
Afin d'irradier de mélodieuses épreuves les substrats distincts, permettant de faire vivre l'épanouissement.

Aux fruits exacts des passions modelées, des actions tempérées, des imaginations libérées, dans ce creuset créatif,
Vivifiant et œuvrant sans répit pour l'instauration de ce tremplin de vie pour la vie et en la vie, mandant l'avenir,
Ses pulsions comme ses préférences, dans des définitions ne se contentant d'une aspiration ni d'une méditation.

Mais se subjuguant dans le cadre d'une entreprise plénière, arborant ses cristaux dans les vêtures des propos,
Les fastes dimensionnels en exergue de cette volonté se sublimant dans le cœur de l'apprentissage de la cohésion,
Mais aussi de l'union la plus méticuleuse qui soit, nacrant de ses rives les parturitions déployées par ses astreintes.

Mantisses par les flots de l'Océan, aux couronnements votifs, hâlant les essors comme leurs efforts par les houles d'or,
Où se tiennent, debout, les Temples de la saison nouvelle à voir, à consteller et irradier dans le ravissement,
Dans cette densité éclose rayonnant le principe des êtres de ces temps, fortifiant leurs demeures dans l'exaltation.

Caressant les orbes du firmament, des ouvrages nattant leurs tresses d'orichalques parmi les moissons de l'éther,
Où devisent les Sages, compénétrés d'interférences régulières et singulières tendant à accentuer les luminosités,
Afin d'en défaire les sursis, les élans et les intuitions vertigineuses, aux fanions d'ivoires surannés en haillons.

Toutes poussières des limbes devinant des retours précieux par les chemins ouverts sur les dérives et leurs cohortes,
Gardés par les princes de ces temps, glorieux dans leurs cuirasses d'onyx, conservant la mesure des impérities,
Les destituant de leurs caprices, afin d'enhardir la volition dans les cimes les plus éblouissantes et navigantes.

Là où ne se fardent les illusions, là où ne s'inscrivent les impertinences, là où ne se fortifient les indésirables prestances,
Toutes voies sans devenir se larvant dans les détails de la stupidité comme de la médiocrité, dont les drapeaux sont en flammes,
Devant la conquête irisant chaque parure dans sa somptuosité, dans une mélodie aux notes de cristal fervent.

Armant les uns les autres contre la cupidité et ses rires sardoniques, la bêtise et ses précipices sans finalités,
Corvéables imprécisions relevant de la dénaturation la plus profonde où se congratulent l'idiotie et ses catafalques,
Ses carènes se voulant triomphes, alors qu'elles ne sont que grains de sable devant la postérité frappant à la porte du vivant.

Un vivant dont la sagacité multiplie les offensives contre leur tourmente de ladres et d'opportuns, de fiels communs,
Rampant ici et là dans leurs soucieuses complaintes pour égarer, mystifier, faire accroire, s'innocenter et perdre,
Car en toute face ne se ruisselle l'écheveau de leur sous sauvagerie, dont la momification transhume dans des égarements.

Notifiés, répertoriés, classés, permettant à tout un chacun d'échapper à leurs velléités aux mortelles incandescences,
Ces portées de l'abîme qui sont le frisson des commencements, le froid des nuits, les hautains délires des jours aux affres vulgaires,
Tous délétères devant l'inflexible contemplation de leurs maux comme de leurs actes sans lendemain pour le vivant.

Naufrageurs hirsutes et barbares décimés sur le levant comme au couchant par la volonté souveraine,

Ne s'affligeant et ne se contristant de leur sort les vouant à la disparition, à la désintégration totale et signifiante,

Par l'abdication de leur servitude ou bien la perdition la plus larvaire qui soit, montrée au passant.

Enseignée à tout être ne se devant de leurs parfums torrides aux effluves gluants de toutes les flatulences,

De toutes les horrifiantes possessions qui engourdissent les volontés comme les esprits pour les destiner,

Aux seuls remparts de corps informes, où ne règnent plus que scrofules et bubons, aux plaies turgescentes.

X

Mémoire des silences et des mélodieuses sources
aux cristallines émotions, aux parfums sans
errances,
Acclimatant les degrés de la fertile renommée des
vagues par les Océans aux épures grandioses et
cultivées,
S'en vient ici le fleuve conduisant vers les mélopées
les plus habiles comme les plus denses afin
d'enfanter le Chant.

Prélude, les hymnes aux adventices associations s'émerveillent des regards ouverts sur la gravité de leur perfection,
Se lit ici le rythme des visions éveillées par la beauté comme la splendeur, dont les caducées ne s'improvisent,
Mais se déterminent pour œuvrer à la gloire éternelle des stances, enivrant les parcours des Univers.

Dont les routes inondées de nacre et de couleurs de myosotis s'envolent dans des désinences aux orbes magnifiés,
Assignant les voûtes de fidélités reconquises, aux épanouissements merveilleux et aux transes épanchées,
Où volent, dans des cortèges, des oiseaux aux ramages empanachés de candeur et de suave portée tutélaire.

Ambre des âges aux félicités exquises, drapant la féerie diaphane des émotifs agencements se coordonnant,
Dans des fresques votives, dont l'histoire mesure les conflits et les permanences comme les impermanences,
Afin d'en corriger les clameurs, les discordes, les élémentaires labiales inconsistances frisant l'insolence et le vide.

Assistant, en chaque ébat des débats, les gratuités des termes, les efficiences et les renommées intégrées,
Les favorisant par les stances dans des congrégations aux portées remarquées et signifiantes,
Hâtant les cils de la vertu des ordonnances permettant l'application harmonieuse de toutes lois par toutes considérations.

Les unes fluviales, les autres d'envergures s'éprenant non seulement des racines de l'éclosion adulée,
Mais touchant aussi les nervures énergétiques des multitudes les plus intimes comme les plus adéquates,
Par-delà les sillons d'une prestance, dans la raison d'une exondation comme d'une cristallisation devisée.

Assurant les concrétions d'une paix, admirée et admirable, consacrant toutes instances participant à l'éloquence,
À la vibration de la pérenne demeure, dont les voies sont de magistrales corrélations par les océans des azurs conquis,
Délimitant les conséquences les unes les autres dans une finalité rayonnant une plénitude architectonique.

Vaillance par les échos se renommant et se fertilisant dans ses principes aux manifestations ébauchées,
Graduées et irradiées, par les perceptions, pour en inclure et étoffer les règnes les plus opalins comme les plus purs,
Dans le couronnement de l'intelligence armoriée, synthétique et symbiotique, élevant toute fondation à son apothéose.

Sans masque ni sollicitation d'aucune sorte, s'abreuvant de ce pouvoir individué qui vers le généré jaillit,
Se répand et retourne en son sein pour répondre à toute situation et en attraire l'onde majeure et composée,
Pour en fortifier les salvations nécessaires et en ouvrager les temporalités par les espaces natifs considérables.

Loin des importunes configurations, gréant de pauvres turpitudes ou de simples envies, prétextes à toutes collusions,
À toutes défections comme à toutes corruptions, dont les ondes furent la gangrène des tragédies les plus délétères,
Dont les auspices furent le charnier de toute vitalité comme de toute créativité par les rives antiques oublieuses.

Livre des errances des fondamentaux qui se
retrouvent dans les typologies abrasives et
incomplètes,
Et dans le rejet de l'âme, et dans le rejet de l'esprit
et dans le rejet du corps, dans ces souffles
pernicieux,
Menant à la virtualité et ses incantations fratricides,
aux combats inaccomplis se tressant les uns les
autres dans la nuit.

Dans cette faconde magistrale qui baigne de ses
flots leurs myriades inachevées, se voulant cime
alors qu'elles en sont précipices,
Tout dans la matière brute se singularisant par la
disparition de la valeur de toute harmonie au profit
de la monstruosité,
Et plus encore, se soumettant dans une sous vie à
l'abstraite condition gnostique, vampire de toute
régénération.

Dans les arrières cours et les tréfonds, où giclent
des immondices de dictatures courroucées, de
viaducs d'infortune,
Toutes ces cannes voyant des êtres s'en emparer
pour se tenir debout alors qu'ils sont déjà couchés
dans la fange adipeuse,
Modélisant en leurs lieux les piètres convenances
d'un effort les malmenant jusqu'à la disparition de
leur existence.

Prenant plaisir à contrarier la fortune pour la pâle exigence d'éphémères et tristes partitions aux renoms fragiles,
Se distinguant par leur absence d'émotion, leur précieuse succession, leur formidable adoration de ce qui n'est,
Et ne sera jamais qu'une agrégation d'atomes en fusion, aux relents de délétères ignitions, où vogue leur sillon.

Dans d'infernales tempêtes se labourant elles-mêmes pour s'unir à de tragiques desseins scellant leurs maux,
Les voyants gémir des roseaux de papyrus, leur servant de denrées monétaires et trébuchantes, les circoncisant du Vivant,
Les mutants dans ce dispensaire où l'agonie glose ses cadavériques possessions, ses schistes crénelés et déjà disparus.

Le conte de leurs tourments faisant litière de leurs noms, de leurs actes fauves comme de leurs lubies passagères,
Toutes voies ouvertes ne tolérant la glu de leurs circuits grotesques et ouvragés par le désir malsain de la possession,
L'outrage sans controverse envers la nature, fécondant un rite dont les jouissances sont de mornes intempérances.

Aux cavités sans nombre, où se destinent celles et ceux qui embrasent la formalité esclave de la pierre ébruitée,
Dans une casanière et délirante incohérence, dont les manifestations enseignent les ruptures les plus totalitaires et défaites,
Les prononciations hâtives, les discours furtifs, les abandons précis, permettant d'en défaire les abstractions sans gloire.

Le Verbe en leur chemin statuant l'empyrée de leur songe dans le néant et ses échos les plus limpides ou circonspects,
Vaste préambule de gaîtés fourvoyées où se tiennent en arbitre les fers des cavaliers du servage et de leurs forges,
Les uns les autres dans le suintement de profils se destinant à leur consomption la plus atone comme la plus décisive.

Chaque écrin de leurs sens parachevé ne trouvant plus présage que pour se hisser vers les précarités allusives,
Ses forces manquant à l'appel de la victoire sur les aquilons, qui franchit leurs détroits pour en balayer les scories,
Ces avanies, nées de la méprise et de la perversité, devant disparaître face au front de l'Éternité, veilleur impérissable.

Pourfendant la misère avide, au ventre vide, labourant les charniers aux indifférences chromatiques et absurdes,
De choses traumatisées se livrant en pâture à la barbarie mobile, pudibonde, rétrograde, aux fauves consentements,
Se définissant dans la virtualité abusive, ses discours fantasques et sa puanteur de chronicités festives.

Hardes des ligaments de pénuries se jouant dans les matrices arraisonnées par l'épanchement d'ors ruisselants,
Permissifs de multiples augures aux ondes fatales, au mépris désœuvré, consommant la pluralité de leurs fléaux,
Dans des rires sardoniques qui aboient leurs éructations, leurs vivipares démesures, leurs grandeurs souillées.

Monstruosités se vêtant de toutes les sueurs comme de tous les sangs pour les affiner dans leur vide intersidéral,
Où balbutie l'apôtre, rongé par des plaies affligeantes, se mettant en scène sur le devant de vitrines affriolantes,
Où la raison n'existe que pour faire accroire, pour faire dire, pour consumer, dans une plainte, une révélation unique.

Flambeau de saillies immondes de théories glauques, couvertes de furoncles béants, s'ouvrageant dans la bestialité,
Aux orgies monotones, conspuant le réel pour le déguiser dans la lie qui prosterne et avilie, qui détruit et assimile,
Toutes forces désunies en son lieu s'imaginant viviers d'un olympe, alors qu'elles ne sont que creuset d'homoncules châtrés.

Terribles semences de la tourbe dont les fétidités exclusives sont le labour avivant des effluves malsains et torves,
Aux thuriféraires déploiements par les fosses d'aisances, où se mirent les mirmidons de fantasmes débauchés,
Inscrivant sur la plaine les ébauches de la peste bubonique qui les charrie, les contemple et les élabore.

Pauvres frivolités se décrétant pouvoir, alors que la souillure siège sous leurs pieds infantiles et grotesques,
Sapitant des larves conduites dans les remugles de la fange liquide, où s'opacifie l'hymne afin de ne s'entacher,
Des pluies de crasse qui s'exercent, s'enhardissent, s'imaginent, et déjà légifèrent leurs ignominies ataviques.

Ici on distingue ce qui fait l'Être du non-être, de celui qui est debout comme de celui qui est couché dans le marais,
Ce dernier se façonnant dans un complexe d'infériorité une supériorité inexistante, un degré de perversion,
En accointance avec la dérive de la matière, forgeant une sous bestialité sans lendemain, qui doit disparaître.

Pour que vivent les êtres par les temps comme les espaces, grandissent leurs postérités et leurs mémoires,
Pour que s'ébatte enfin l'oiseau lyre dans la prairie aux orées verdoyantes et sublimes, où se tiennent les lys ombrés,
Dans la perfection qui ne se malmène, ne se désunie, ne se dénie, car toujours présente et inamovible.

Quoiqu'en pensent les suffrages des ombellifères démesures des voûtes carnassières, aux replis démagogiques,
Tout de rides qui hurlent leurs mélopées avides de rapines, de viols, de vol, de perversité, dans l'arbitraire,
Dans cette moisson de la turpitude qui se veut motrice, et où grouillent toutes les litanies les plus infectes et les plus déracinées.

Libations de la putrescence, aux orientations indélébiles, marquant les fronts impurs de l'insanité chronique,
Ne pouvant en aucun cas être récupérée, tant d'ovations les méandres de ses appellations fortifiées,
Dans l'indécence, l'immoralité, la perversion, toutes coutumes de fresques inimaginables, dont le venin surgit les mondes atrophiés.

Où le fer de lance ne s'interroge, mais toujours pénètre afin d'en isoler les hardes comme les scrofules libidineuses,
Ces orages de terres défaites, striées des ciselures de l'esclavage, aux douteuses prépondérances d'essors avides,
Toutes faces en leurs lieux se corrompant dans de tribaux enchaînements, dont l'atavisme bat le terre-plein de l'outrage.

Devise de coruscantes dysharmonies se mettant en évidence dans l'apparaître le plus stérile comme le plus fauve,
Où la sagacité ne s'interprète, ne se mobilise, sinon que pour être anémiée par des effluves simiesques de sous animaux,
Munificences de larves nécrosées s'enrubannant de théories fastidieuses tournant en rond dans des sphères insanes.

Brillantes de perfides raisons, se mobilisant, pour se désunir dans la fiction et s'arroger des droits incommensurables,
De cuissage et de peine, de fête et de parures, dont les énumérations comblent la folie de leurs lieux coutumiers,
Ces pâles horizons où se meurent la plénitude et l'harmonie dans des circonvolutions de ténèbres assoiffées.

Hautes vagues épurées par la cristallisation témoignant son avance devant cette perméable latitude officiante,
Déstabilisant ses gruaux et ses impostures éphémères, ses rouages indéterminés et nuisibles comme paresseux,
Aux soifs étanchées, se propulsant dans l'infini pour noircir l'horizon d'écumes aux écheveaux torves et malmenés.

Dans des forces ne pouvant résister devant la prononciation du vœu élémentaire du vivant sacrifiant leur limon,
Pour naître à la flamme divine, ne se lassant de promesses, mais s'inventant des fortifications pour s'ébrouer de leurs gravures insipides,
Prononcées en son nom, dans d'hypocrites épanchements, aux miasmatiques élans s'accouplant à un sérail.

Surface visitée, compénétrée et détaillée dont les surgeons se momifient et disparaissent dans la poussière éclose,
Afin de laisser place à la gravité de la perception ne s'entachant des ruines des histoires infécondes et ressassées,
Ces pauvres preuves de limites agonisantes, fertilisant la moisson de leur propre disparition, par couardise.

Fumet de l'orbe lorsqu'elle se tient debout par-delà les calices, lorsqu'elle est expurgée des ramifications troubles,
Et désordonnées des entrelacs se fusionnant de vêtures aux marbres entachés par des déploiements indistincts,
Aux vétilles discordantes ne pouvant jamais se mesurer à la foi en action, qui en élimine les dantesques errances.

Là où le songe devient vie et s'éternise en ses écrins natifs, ses conjonctions festives, ses formations impérieuses,
Délimitant, des sols, les cités en essaims et les autres en avens, les citadelles aux paysages divins et celles aux regards fermés,
Tous, dans le levant des abordages de la lumière, écoutant le doux frisson des cieux dont le partage s'attend.

Ouverture sacrale destituant les vertiges du jour, les opiacées mondaines, les cœurs lourds et leurs larmes congénitales,
Le fruit de l'instant se remémorant toutes salves de la splendeur sur l'horizon, par les voûtes enfantées et magnifiées,
Montrant, des esquisses, la plénitude et ses accents de promptitude par l'intermédiaire de ses armées vivantes.

Éclosant de ramilles les bourgeons entrelacés de la perfection qui ne se glose, mais s'active afin d'irradier la vision,
Dans le secret des éventails précis des savoirs, ne se morfondant dans des liesses, mais se devisant dans les principes,
Éclairant les mondes de leurs cristallisations sereines, comme de leurs élévations émaillées et rutilantes.

Souveraines par les oasis sans troubles, lentement se hissant à la préhension des vagues sous tutelles obligées,
Afin d'en détruire les liens et les orientations perfides, les anachronismes visqueux et leurs modulations cycliques,
Pour parvenir à leur essor tempétueux, promesse des aubes sous le vent, ardeur par les vacuités, afin de les révéler irrémédiablement.

Les forcer à la définition de leurs styles sans rayonnements et les promouvoir dans une félicité inconnue,
Fondant leurs armatures aux critères établis de monarques parures, sans contemplations hâtives de leurs actes putrides,
Afin de les dissoudre dans l'éternelle matière brute, ne songeant qu'à tromper l'esthétique et l'Art impérieux des pouvoirs.

Où l'aubade se tresse de vives harmonies, fécondant les astres dans leurs légèretés, leurs florales assises épousées,
Toutes ces passementeries que l'hivernale défaite ne peut heurter, tant d'autorité le Verbe en leur talisman,
Se prononçant pour engendrer par ses rivages les précieuses floralies attendant leurs laves en fusion de lumière intime.

Toutes fortunes ne se déclarant dans le seul espoir, mais dans l'initiative précoce manifestant ses conquêtes,
Par toutes voies comme dans toute raison, par l'or sacré des énergies concentrées, canalisant la vertu majeure,
Celle ne se laissant duper par les sortilèges des nues irréelles, ne devenant proies des abîmes et de leurs sursauts.

Toujours s'élançant dans le cœur même de la pulsion de la gravure mortifiée pour en révéler l'emprunte,
Le serment, masqué par la duplicité, ses écoutilles, et ses navigations stériles égarées devant la finalité exhaustive,
Afin de vouer la Vie aux miracles de la vitale affirmation de l'ouvrage consacré aux armes de victoire comme de gloire assumée.

Thésaurisant du Verbe les semences olympiennes,
dans des théurgies parcourant les univers de leurs
souffles,
De ces vents aux fraîcheurs irisées allaitant les
parousies de leurs odes fascinantes par les marnes
ivoirines,
Les Temples aux solsticiales aventures, dont les
épiques procédures sont révélations ne se souillant
de reîtres en domaines.

Bien au contraire, sans souffrance, se mesurant à
leur détresse et leur collusion, à leur duplicité
comme à leur lâcheté,
Pour en dissiper les méandres sinuant les torves et
maladives déconvenues, ces risées qui sur l'Océan
se désintègrent,
Afin, non de satisfaire l'écume, mais fortifier la
houle, nettoyant chaque racine de bruitages et
parasites insensés.

Toutes devises sans intérêts portant aux précipices les plus denses, toutes ces paroles mineures ne sachant se dresser,
Tous ces écrins vides de phosphorescences, où lentement s'étreint le vide, dans des abstractions fœtales,
Nocturnes désinences d'agréments et de formalisations se leurrant de coutumes comme de lois éphémères.

Dont l'interprétation oublie les fondements naturels, les orientations civilisatrices, les œuvres à naître et perdurer,
Ces consonances vives permettant, non d'éblouir, mais de parfaire la densité dans ses étreintes et ses fruits,
Ses labours et ses forces, que les visitations formalisent de lendemains à naître et prospérer indéfiniment.

Latitudes de cœurs purs aux sonorités profondes d'un hymne, non seulement conquérant, mais actant une maîtrise,
Couronnant les cils de fractalités indivises, aux enchaînements mobiles et aux fluides enseignements divins,
Martelant de leurs rimes les principes de la viduité face à la vacuité et ses horizons se morfondant dans l'abîme.

Éclipses des heures ancestrales que les instants gravissent pour sortir de leurs enlisements comme de leurs compénétrations,
La Voie sereine armoriant leurs élytres dans des faisceaux irradiant les demeures d'une vertu comme d'une gloire,
Assistant les randonnées précises des êtres par leurs champs, où ne se closent les désirs ni même les zéphyrs.

La pénétration des songes adulant de rêveries les opiniâtretés du réel, coordonnant les ramures évanescent les dualités,
Les associant dans une fertilité que l'onde dévisage dans leur distinction comme dans leur résolution générée,
Dans cette fête des corps, des esprits et des âmes ne se lassant des cantilènes œuvrant aux délices de la Vie manifestée.

Celle qui ne se délite dans des sursis, des courses sans écrins, des respires sans élans, allant au-delà des apparences,
Pour convoquer le vivant à sa formalisation la plus scintillante et éthérée, manœuvrant, habile, ses performances,
Par-delà les vides somptuaires, les égarements votifs, les coordonnées festives, les agraires spécificités bâties.

Pour ouvrir sur le large les notes d'un refrain, permettant à chacun de se hisser vers les complémentarités,
Dans une solidarité effective, advenant la tresse des parfums aux effluves magnifiés, odorant la plénitude légiférée,
Acceptée et ourlée des frais propos de la densité comme de ses couches profondes, aux matriciels épanchements.

Site de la profondeur comme de l'élévation aux formelles ascensions ne se laissant stagner dans les préaux,
Les limbes et leurs afflictions dénaturées, où sourd le ru de la complaisance comme de l'indéfinitude la plus notoire,
Celle de l'imprécision, inscrivant dans ses alcôves les statismes inconsidérés ne permettant nulle décision correspondante.

Cette volition se concrétisant dans la recherche de l'Absolu et non dans les vétilles embrumées des règnes perfides,
Et de l'intellectualité, et de la spiritualité, et de la corporéité, aux caractéristiques devant se dégager des contingences,
Pour libérer le devenir dans ses multiples et solides pontons, ses magnifiques tremplins téméraires et cristallins.

Correspondances ultimes du rivage à atteindre, embellir et féconder par la raison, tempérée par l'imaginal,
Sans contraintes des débats houleux sans fondements, virevoltant de nuageuses compréhensions,
Où se perdent les notions de la réalité, la plus pragmatique comme la plus impliquée, arguant de la novation.

Tous artefacts de l'allégresse novatrice se prononçant pour fortifier les motricités par les arcanes impérieux,
Que les fresques animent de pérenne demeure, de divine essence, de promesses garanties par la Voie souveraine,
Au marbre ne se ciselant que d'épure en épure, afin de naître l'argument natal de la propriété conjuguée à l'éternité.

Destin d'ivoire aux histoires achevant les sortilèges des ruines, endémiques de statuaires figeant toute résonance,
Dans des annonciations ne s'ébrouant que sur des retours en arrière, dont les affres ne sont constituées ni définis,
Afin de taire les élocutions des visitations superbes étanchant leur soif de savoir par les temples en semis.

Agissement inique, dont le cynisme correspond les virtuels amendements du déséquilibre le plus profond,
Comme le plus ténébreux, ne trouvant place dans le concert de l'harmonie merveilleuse où se ramifie l'existence,
Ses prouesses, ses concaténations, sans errements d'incertitudes aux nappes de brouillards se perdant dans la nue.

Car le vaste front ne peut déteindre dans ces dolines sinon que pour les immoler et les destituer de tous pouvoirs,
L'ordonnance de la finalité exhaustive du vivant ne pouvant s'accrocher désespérément aux limbes de l'isolement,
À cette malhabile compensation tendant à faire marcher sur leurs deux pieds des êtres fragiles et bucoliques.

Ne trouvant dans l'écueil que la fortune de leurs cœurs brisés, de leurs épanchements malsains, de leurs fléaux,
Masquant le réel, pour perdurer dans leurs langes agressifs de monotones œuvres, ne pouvant qu'en abréger les termes,
Par le réveil symbolique, saturant leurs contours, en évidant leurs poisons aux entrailles anéanties par les fiels.

Ces moisissures et ces scrofuleux adages ruisselant et se nantissant de l'impropriété de sulfureuses houles,
Semences de la nuit aux livrées particulières s'évadant en fumerolles âcres et perfides, dont il faut anéantir le fumet,
La détermination et les allégories, par l'hymne vivant ne se destituant devant leurs dysharmonies fâcheuses et téméraires.

Le ciel de l'orbe se manifestant alors pour conclure leurs fruits désaxés dans les limons de la matière larvaire,
Qui est la formalité de toutes formes informes par les temporalités qui ne peuvent s'enrichir de complaintes,
De fausses prières, et de ces allusions parodiques menant vers les litières anémiées où sont agapes les prodigalités.

Celles dont les éclats ne fertilisent mais rendent au désert la parure des êtres qui furent, les voyants ici en leur lieu,
Esclaves surannés de complicités avides, de terribles assauts pratiqués par leurs hordes sans foi ni lendemain,
Contrariées dans leur but par l'exaltation, ne se laissant défaire par leurs visages atones aux regards morts et délétères.

Ouvrant, de latitudes en latitudes, l'émergence de la conscience, sans repos, sans violence, dans la sérénité,
Brouillant les pistes surannées, leurs éphémères pulsions, leurs dantesques et fauves conceptions grégaires,
Ces fosses communes aux addictions prononcées que les vertiges ne façonnent mais désintègrent au firmament.

Ainsi, alors que les fruits de l'été se montrent dans leur saveur et leur robe de vertu, leur calice d'ambre et de satisfaction,
Tout de bravoure couronnée, hâtant de scintillement les éclats de brumes disparaissant les nuages ombreux,
Montrant un paysage aux contrastes élevés, aux miroitements de saisons de coruscantes définitions idéalisées.

Par les marches, prouesses de nectars et d'organdis éveillant les tresses de la vie épousant les constellations,
Dans des vagues novices, aux ennoblissements parfaits, exondées de vêtures précoces, de réjouissances festives,
Le Chant dans ses encorbellements magnifiant de sa pompe leurs vœux enhardis et inestimables, ne s'isolant mais se rayonnant.

Dans des clameurs diffuses, des volontés aux abnégations comme aux vœux allitérant de sûrs efforts,
Dont les parcours tumultueux saillissent l'éternité pour en ramener les efflorescences comme les captives émotions,
Dans des sèves anachorètes sans oubli, confirmant les désirs de ces sources se définissant dans la puisatière régénération.

Des êtres pour les êtres dans leur manifestation, leur formalisation, leur épanchement, en toutes racines,
En tout ferment de la flore comme de la faune, comme du minéral, voyant ourlées les feuilles vertes dans l'empyrée,
Aux branches multipliées, où l'unicité domine, gardant la raison de l'identité pour prémisse et sanctification.

Dans des modalités dont les jugements ne sont circonscrits mais se prêtent à toute organisation de l'accomplissement,
Dans cette désinence exquise où les mémoires antiques sont quête de la pluralité et de ses assomptions réelles,
Au-delà des couronnements intempestifs, et des mobiles douteux aux stances ciselées par l'indétermination.

Cette force contradictoire à toute réalisation, dissipée devant la joie stellaire, convenant aux somptuosités des rivages atteints,
Et bien plus à persévérer par les routes dissipant le néant et le vide, saturés par les expressions sans futur,
Dans un agencement devant maîtriser l'exigence motrice de l'élan vital se formalisant dans des structures ouvertes.

Des cités aux cathédrales somptueuses, dont les
clochers font retentir par toutes faces reconnues les
étreintes,
Et du couchant comme du levant, dans des hymnes
aux antiennes se correspondant par les myriades
enluminées,
Aux présences ne se destinant qu'à la création la
plus pure et la plus ordonnée, afin d'acclimater le
sens de toute parousie.

Ici, là, plus loin encore, toujours par les marches les
plus lumineuses comme les plus sombres, afin de
fêter l'harmonie,
Ses densités et, sans exclusion, ses participes dont
les modaux engagements enseignent les épreuves
d'une fidélité,
Aux nébuleuses, contant d'un rescrit le charme
initiant tout un chacun au cœur de leur souffle
puissant.

Frontale persévérance des œuvres, ne se muant dans la poussière mais toujours se dessinant dans l'astre épousé,
Et plus encore, dans la clarté des luminosités correspondantes, par les phares guidant les spontanéités,
Sans exclusives, parcourant les stances déclinées et celles à naître dans le sentiment de l'exondation profonde du réel.

Dans ses armoiries limpides aux fenaisons couvant les moissons à venir, par les motifs d'écheveaux en péril,
Celles maritimes et celles de terres charriant les levains de la puisatière connotation survenant les épanchements,
Par les ramures officiées des élégances, aux natives phosphorescences, ces vêtures dont l'esprit meut les charnelles éloquences.

Sans masques des tragiques turpitudes, sans hâte parmi les significations se mouvant pour trouver les élans propices,
Sans prosternation ni démarque, dont les fièvres ne sont que forces sans répons, que promesse sans sanctification,
Le cœur de l'ouvrage se ciselant de lui-même de par la liberté admise par tout témoignage dénudé de ses autarcies.

Ces labyrinthes dont les éthers propulsent, soit vers le limon, soit vers les cieux illuminés et contemplatifs,
Toujours assignent la fertilité dans ses identifications les plus votives et les plus destinées, par-delà les écueils,
Montrant ainsi le chemin que le cristal aux facettes tumultueuses répond d'harmonies mais aussi de disgrâces.

Mémoire des savoirs antédiluviens comme des enseignements nouveaux, portant à créer par les sillons de la Voie,
Ne se contentant ici de la plénitude des communautés initiées, mais lentement et sûrement s'avançant,
Dans un périple aux formidables essences, vers les substances à révéler dans leur formalité comme leur horizon.

Dans une sapience sidérale, où les expressions ne se perdent dans les lamentations, les impossibilités majeures,
Les surannés discours, mais toujours engagent, par-delà ces vertiges, les incandescences couronnées et ajustées,
Délibérant les aurores des facilités comme des permissivités acquises, afin d'en délibérer les soifs conséquentes.

Là où la créativité ne se dissout dans l'impermanence, toujours afflue vers ces sphères aux détails lumineux,
Arborant les discernements induits et majestueux accentuant l'épanouissement de toute face de la réalité,
Par les sillons des falaises abruptes, toujours entraînant vers les cimes afin d'en dévoiler les féeries et les splendeurs.

Avec pour dessein l'autorité ne se verbalisant de diffamations comme de sujétions abusives et suffisantes,
Le Verbe en ce lieu ne se souciant des dysharmonies, des chaînes et de leur calvaire ourlés par la moisissure,
La lie, aux expressions malsaines, se voulant conquérantes pour le néant et ses invectives houleuses.

Ne pouvant ici posséder ce qu'elle ne peut juger, l'esprit dans ses vols fulgurants dépassant ses sortilèges,
Ses amenuisements, ses officiantes et délétères conduites novices, ses préaux où s'enfouissent la raison et l'imaginal,
Toujours présents malgré ses aberrations mentales voulant iriser ses cloaques de hideurs répugnantes consommées.

Passementeries oubliées devant le zéphyr serein élevant des sols la poussière pour la faire retomber dans l'abîme,
Dans des frémissements joyeux et hâtifs correspondants aux vertiges prononcés, aux prières de hauts faits,
D'armes et de mesure, terrassant les frénésies votives et accumulées, se réfugiant dans les lacis de l'affliction.

Les essors démiurgiques ne pouvant se contrister de leur sort, bien au contraire, sur leurs méandres dissolus,
Advenant le pur éveil des flores, encore à genoux dans la décrépitude et ses ornementations fluviales poisseuses,
Où les barques échouent malgré leurs liaisons filiales, tant de boue aux torves alignements sous leur proue.

Incidence des regrets et des anathèmes, des caprices et des oraisons aux finalités trébuchant sur la réalité,
Impassible et mortifiée, se dégageant des monstruosités enrubannées et cycliques aux bubons proéminents,
Décimant toute volonté dans le vivant, se retrouvant en leurs lieux en conflit, par pusillanimité, avec toute alacrité.

Où la bienveillance trouve son terme,
l'admonestation ne suffisant à égarer les
ébrouements,
Sinon que pour les encourager dans leurs
fortifications, leur dénature qui est injure à toute
formalisation,
Qui de fait se trouvent réduites à leur plus simple
expression par les forces vivantes ne s'assemblant à
la vermine y officiant.

Car écume aux concentrations des frontières
naturelles, où la Vie se répand et s'épanche pour se
réaliser par-delà le néant et ses structures,
Ses enclaves morcelées et ses aspirations implicites
délavant les paysages de toute ordination, tant leur
attrait est perversion,
Nomenclature de la déraison et de ses orientations
les plus subliminales comme les plus affairées par
l'agitation.

Celle de l'inventive participation se mêlant, sans
égard du vivant, à la parousie de moires aisances où
s'affligent les cœurs,
Empris et compris dans cette léthargie, voyant
foudroyés l'innocence et le savoir, la connaissance
et toute conquête,
Se larvant dans l'indécision d'une rêverie avide,
obstruant tout regard, en le perdant dans la
duplicité de l'aporie.

Dans cette sénescence de l'absurde vouant tout
personnage en son lieu à l'adoration de la matière
brute,
Voyant ses cénacles, brouets de cette vespérale
dimension, se perdre dans les mensonges comme
les propagandes,
Dans ces subterfuges permettant toujours et encore
de faciliter les agonies de toutes faces de sphères
compromises.

Défi des terres comme des espaces où s'en viennent les armées salutaires pour délivrer de leurs arceaux les êtres charriés,
Les uns encore en pouvoir de sursaut, les autres déjà dans la nuit, pulsant ses concordances en échevelant leurs dires,
Dans des dissipations étranges et fantasmagoriques se livrant à perpétuité à l'abandon de toute mesure coordonnée.

État de toute consomption dont la destruction ne s'attend, ses injures ne pouvant dans la consistance se gréer,
Ni même surgir dans le firmament et ses éventails précieux où la source irradie la perfection sinon la perfectibilité,
De l'aventure à mettre en œuvre, à conserver et perdurer malgré les atteintes et les astreintes délivrées en son nom.

XI

Cristal aux facettes sans nombre, les étincellements fugaces y sont majeures destinations aux précisions fulgurantes,

Clamant leurs évanescences dans des dissipations stimulées par des sortilèges induits, désistant des précarités,

Les aubes nouvelles, pour les fortifier dans la pesanteur magistrale de l'efflorescence divine d'un hymne gracieux.

Des aires nouvelles les sens s'affinent pour prononcer leurs vœux dans l'imaginable sanctification des heures,
Dans ces rives temporelles aux routes émaciées et superbes dévoilant leurs ramures majestueuses et sophistiquées,
Tandis que l'alizé balaie de ses souffles puissants et puisatiers les ardeurs compassées et les tristes parchemins.

Le Verbe ici rayonne ses prestances dans des orphéons, dont les voix en volutes destinent les miroitements,
Leurs fortifications comme leurs demeures, aux stances réfléchissant les solaires dimensions d'une réalisation,
Délaissant aux algues moirées les moiteurs conditionnées pour, d'une salvation, intégrer leurs natures profondes.

De nefs en vaisseaux aux couronnements précis, élançant leurs armures distinctes et éveillées dans les apogées,
Dans des essaims dont les fortunes varient à l'infini, se déployant dans tous ces semis du réel enfanté et supérieur,
Où les marches s'étagent, les unes les autres, vers les dimensions les plus éclairées comme les plus éthérées.

Le signe, ici, participe de cette floraison, que les senteurs diluent dans les majestés florales sans inquiétude,
Dans une formalisation d'écume et de houle, dont les Océans répercutent les consonances aux havres magiques,
Allaitant les frondaisons des vigilances de la perméable densité, s'ouvrant sur toutes réalisations comme toutes maîtrises.

Un feu d'ivresse y foule les derniers limons, dont l'Olympe contourne les récifs, hâlant de ses préciosités les vestales,
Les statuaires et les nacelles de la joie, émulant des ouvrages aux incarnats de radiations creusant dans l'infini,
Les sillons de la route propice, novice, aiguë et correspondante à toute la mesure de l'ascension vivante.

Dans des devises incarnées, précieuses et majuscules, aux ovations déterminées par les suavités,
Les grâces et les perfections mobiles, estompant les degrés des zéniths diluviens pour les porter à l'embrasement serein,
À cette définition où les entrelacs sont répons de toute gravité comme de toute situation permettant de naître la félicité.

Sans servitude des noires tempêtes s'accumulant face à la présence même de la réponse apportée à leur écrin,
Les rives opportunes découlant des adages déversant leurs flots d'ambre et de miel dans leurs courses,
Pour en signifier les impériales correspondances, aux essors conjoints, se mêlant à l'afflux de strophes inventoriées.

Là, plus loin, par les constellations animées de la sensible conjonction des efforts couronnés ne se désintégrant,
Dans la perfection inondant les déserts de leurs forges antiques, afin d'en fleurir les démarches conjuguées,
Dans des pluviosités, dont la nacre reflète la célérité et non l'envie, la beauté et non la laideur, par des sources effeuillées.

Délimitant les visions des caractéristiques où, influence, s'inscrit le rescrit de toute viduité formalisée,
De toute nature embellie par sa portée comme par sa formalité, dans cette ouverture signifiante affinant ses orbes,
Pour semer, dans le granit, le répons des constantes arborant leurs destinations dans une pluie harmonique.

De villes en écho, de sérails en abondance, de frénésies vives et colorées par les monts où paissent les faunes,
Par les prairies diaphanes et leurs allégories, où volent des papillons ivoirins aux antennes merveilleuses,
Scandant les tonalités riveraines des partages que les soifs étanchées pépient de sources de roseraies impérieuses.

Dans la grâce et la danse des ondes sous la nue, dans l'essor et ses secrets délibérants les cils de prouesses,
Celles menant vers la suavité dans une chorégraphie advenant les marques ouvragées de destinées intimes,
Délivrant, dans la nuptialité, les chœurs les plus nobles où, apprentissage, les alluvions vont de sonores gaîtés.

Celles de la Vie et de son couronnement, par les regards festifs et épiés qui se manifestent sur l'horizon cosmique,
Dont s'imprègnent les saisons, qui, vivaces, virevoltent dans l'entrain et ses passions coordonnées et altières,
Sans déroute des prémisses et de leurs desseins de bronze et de lumière, où s'enseignent les navigations conquérantes.

De marches de clartés exondées par les écoutilles aux matures élevées, striant dans les cieux leurs corps marbrés,

Pour désigner les empires fécondés, par les voies d'un sacre ne se promettant mais se prenant dans le zéphyr,

Et dans la houle, dans ce courant maritime où toute existence s'ennoblit de ses perfections comme de ses prestances.

Sans péroraisons inutiles, sans fardeaux et sans paraître, l'écume, dans leurs familières charpentes éthérées,

Initiant les vacations prudentes, et celles sans contrôle, dont les vivacités ne se perdent mais se déclarent,

Afin de hisser, dans une symphonie, les notes cristallines des raisons de l'avance inexpugnable des vivants.

Par les feux comme par les eaux, par les terres comme par les vents, dans cette geste que les promontoires ourlent,

Adventices, rassemblent et déploient afin d'idéaliser les conceptions de civilisations affines, non plus en ébauche,

Mais ciselant leurs fresques dans des témoignages, ne se figeant, mais servant aux uns et aux autres pour se prononcer.

Aller au-delà des pulsations gravifiques, par les courants telluriques jusqu'aux profondeurs ailées et enhardies,

Devisant, des étoiles en nombre, les rubis, les schistes et les diamantaires efflorescences puisatières,

Naissant les profils ardus des premières vocations navigatrices, épousant les contrastes des hyperboles enfantées.

Dans des cycles dont les victoires n'achèvent les temporalités, mais les précisent dans les espaces en majesté,
Par des répons s'octroyant une démarche sans hâte, louangeant les représentations sans miroirs déformants,
Cristallisant leurs prismes réverbérés par leurs facettes innombrables, aux sérénades se portant vers l'Éternité.

Tumultes par les citadelles, où se préparent les grandes ébauches des sillons, par-delà les fumerolles légères et ouatées,
Dans la moiteur de l'âtre souverain, aux décisions natales appariant les dénominations plénières pour offrande,
Et non seulement don, mais effort de tous, pour l'aboutissement et ses éblouissements, qu'ornemente une veille.

De sapience éthérée, par les gouvernails de la raison, aux attendrissantes convections menant vers le large azuréen,
Dans de natives corrélations, où les orbes sanctifient des parures diaprées, sans admonestation ni dérive informelle,
Le sens de la valeur, se présentant dans son aristocrate inclination, menant vers les souffles galactiques embrasés.

De liens en liens, tissant, sans amertume, les correspondances intimes, accentuant les ébauches initiées,
Dont les passementeries orientent le dessein de forces se hissant vers la portée de la gloire, par une victoire assumée,
Sur le néant et ses oriflammes, sur leurs brouillards automnaux aux conséquences dramatiques pour le vivant.

Vertu des âges en saison de rives les plus éblouies par les principes de flores primordiales, aux ciselures incarnées,
Survenant les féeries des épanchements de cœurs palpitants sous la rosée des pôles et le décor des natures enlacées,
Dans ces écrins, où la pure ovation trouve ses termes et leur achèvement, sans naufrages ni démesures.

Nantissant les échos de pulsations divines manœuvrant dans les cordages des visitations d'éclisses aventureuses,
De coruscantes modalités aux fières appartenances, délivrant, par les paysages traversés, les fruits de l'Olympe,
Ses marques sans masques aux agencements précieux, où ruissellent les laves en fusion aux émérites grandeurs.

Par les terres sinuant les corollaires épiques des exondes passions, où s'invente la loi de la pure éloquence,
Reprise par les orphéons des thuriféraires distinctions, dont les talismans, drapés de vertiges, alimentent les essors,
Dans des chevauchements intrépides et forts, comblant la soif des limons, encore veilleurs de leurs harmonies.

La fécondité des temporalités permettant de naître au-delà des remparts de la servitude et de leurs marais fétides,
De leurs lieux sans conjoncture, sinon celles de la nuit et de ses divisions sentencieuses s'accomplissant par mégarde,
Par tenancière habitude, dont les promptitudes se manifestent dans les liserés d'histoires vécues et à vivre.

Ici, là, aux profils rigoureux des fleuves en partance, nuançant leurs épices nocturnes de fenaisons adventives,
Afin d'en déflorer les possessions et en attraire à la limpidité les luminosités enchâssées dans les sortilèges,
Et leurs flots instinctuels comme gémissants, où l'onde sourd la détresse, à rendre à la poussière et ses ombres.

Le souffle de l'aquilon dévastant leurs critères sans
devenir dans des communions de majesté témoignée
par les chants,
Repris, de voix en voix, dans d'épithéliales
souverainetés délaissant les divisions amères afin
de s'unir,
Pour faire face à ces clameurs, issues du vide et
retournant au vide, grâce à leurs valeurs
déterminantes.

La conscience n'affleurant seulement les orbes
saillis, mais bien les facettes des cristaux en voie de
maturation,
Et d'excellence, en marche vers l'agrégation de leur
splendeur à renouveler par les fêtes galactiques et
leurs écharpes de lumière,
Dans des suavités pénétrables et douces, aux
fanions porteurs de toute déification, loin de toute
prostration.

Mesure du déploiement dans les astres et leurs configurations qui ne se figent ni ne se détruisent par désir,
Le seuil de leur tempérance échéant la qualité propice de leur interpénétration, comme de leur course fidèle,
Irisant de leurs écumes les promontoires pour en éclore les conquêtes, où s'élance sans convoitise la féerie impériale.

Car elle n'est de garde, mais, bien plus, une marche impartiale, ayant souci du lieu comme du lien en une désinence,
Dont les exploits prospèrent sur le néant, afin de lui offrir l'établissement d'une tutelle de veille comme de détermination,
Élançant, en ses propres enceintes, les rubis de la concrétisation vivante, dans ses affirmations et ses raisonnements.

Développant aux mannes extrêmes les densités portant vers l'allégresse et ses firmaments, aux votives instances,
Appelant au couronnement du vivant par toutes formes informes, fussent-elles à l'état de limbes et de vestiges,
La force éclairant toute promptitude, pour en régénérer les structures, dans une organisation volontaire.

Issue de la saturation des fixités et des dualités, des essaims sans ramures et de leurs bourgeons fanés, faute de respire,
Commués dans la limpidité et non dans la frugalité d'une espérance, celle se soumettant à l'attente et ses stipulations,
Inutile devant le levant des étoiles, fulgurant la nature même de l'étreinte à vouer à la génération de toutes forces.

Les unes les autres, dans les entrelacs de la pensée, germant les prémisses précieuses de la victorieuse régénération,
Par une reconnaissance familière, aidée et soutenue par les cohortes en action, invisibles au souci des ordonnances,
La nécessité ne se prêtant à une direction que ne voudraient prendre l'indécision et ses opérandes sacrifiés.

Tout de vertu accentuant sur les lambris des essaims les contreforts permettant leur préhension d'eaux vives,
Par les routes émérites, accueillant les matières énergétiques inondant les univers de leur sacre comme de leur volonté,
Dans de précieuses circonvolutions, servant de tremplins aux nefs glorieuses, les portants vers les infinitudes.

Où se tiennent les capitaines au long cours, par les variables innombrables, afin d'ensemencer le rescrit de la pérenne demeure,
Dans le sens de la perfection qui ne se renie, ce sens de la différenciation qui ne se réfugie, ce sens de la correction qui s'invite,
Crée et toujours avitaille les raisons, fussent-elles en semis, en floraisons où déjà en parcours de moissons.

Pour œuvrer par-delà le vide les compulsions des
nacres qui s'avivent, se fertilisent et orientent le
destin novateur,
Attisant de ses vêtures sacrées les élémentaires
opportunités permettant d'entretenir la rectitude
dans ses orientations,
Celles de l'épanouissement de toute Vie par ses
degrés, ses plénitudes, ses embrasements et ses
limites.

Jusqu'en ces hymnes perdus, au fond des
immensités, attendant la voile de la nef souveraine
pour s'acclimater,
Non plus se morfondre, mais s'égayer et agir dans la
direction de l'éternité et de ses secrets, de ses
florilèges,
De ses mélopées majeures, dont les refrains
naviguent, de pléiades en essaims, pour en
développer les stances.

Allant, venant les épures distinctes et leurs suffrages, loin des mélancoliques errances et leurs propos sardoniques,
Toujours plus loin des labiales consommations des théurgiques aggravations, nuitamment dressées par les fourbes,
Les proscrits, aux étreintes de bruyères desséchées où n'osent se poser les volatiles de peur d'entacher leurs ailes d'or.

Hissant le drapeau de l'universalité des songes comme des rêves dans cette réalité bruyante et pépiant,
De mélodies comme de symphonies, aux architectonies se propulsant par les cieux dans des volutes ardentes,
Aux tonalités éveillées et parfumées d'onyx, de rubis et de diamantaire destinée, par les sollicitudes dressées.

Où la vision ne s'émonde, mais se corrige, se perpétue, s'ouvre sur les jardins les plus confidentiels,
Où se tiennent les Sages dans leurs barques d'ivoire et les Mages et leurs bardes zodiacaux, ainsi que les Guerriers éprouvés,
Toujours assistant les ramures des préciosités temporelles, fussent-elles de lagunes solaires, pour en tresser la pure harmonie.

Dans de vestales connotations où s'épousent les formes les plus éthérées comme les plus denses afin d'initier,
Correspondre et comprendre les exaltations et leurs partages, leurs félicités et leurs dons par les sentiers échus,
Où marchent les pas des familiers des rives exondées, aux vêtures de marbres altiers, conquérants immortels.

Devins des sources et des rus aux épanchements des demeures, dont les promontoires ne sont des refuges,
Mais des ouvertures sur les réalisations permettant de naître à l'élément vital de la perfection dans sa raison,
Son ordonnance et ses gravités, qui ne sont de fatuités les directions, précises et habiles, concourant à l'éternité.

Devises et lois, leurs supports s'établissant dans des assemblées aux farandoles diverses et variées et prononcées,
Où se lisent les perceptions amènes, les balbutiements aussi, mais toujours la vertu du dire opalin,
Conjoignant des pentes le souci des cimes à gravir par les êtres en leurs forces, dans une ramification tonale.

Ne se laissant dépérir dans les affres des soupirs aux contingences advenant de tout périple les chutes invariables,
Où mûrissent avant que de disparaître les plus grands serments et les plus grandes gloires, faute de servir,
La vêture de l'honneur dans ses alizés et ses aquilons novateurs, ne se laissant contraindre par les invariances.

Toujours accédant par le courage le plus pur, nanti de la modération, aux fins accoutumées de la transparence en ses essaims,
Aux formalisations dont les vœux ne se destinent aux agraires imperfections, leur hymne ne se détournant la face,
Incisant les brouillards opaques pour y réfléchir la densité de l'existence et ses manifestations convenantes.

Dans des ruisseaux qui ne sont parodies, mais ouvrages achevés, où s'élancent les oiseaux lyres pour enivrer,
Et leurs gerbes de corail, et leurs vivacités affluées, marginalisant les sépales des coloris dissociés ou confus,
Pour émerger la rive perfectible, dont le moment de la grâce épanouit les stances sanctifiées et immortalisées.

Où l'être est dans sa définition parfaite, qui est celle non du paraître mais de la vitale harmonie, et agit dans la clarté,
Dans l'insoupçonnée énergie, par la matière imparfaite et ses conditionnements aux gravifiques encorbellements,
Par le souffle et dans le souffle et pour le souffle à jamais dans l'Éternité, dans la contemplation comme l'agir.

Dans cette portée dépassant les illusions pour mener vers les tremplins du Vivant, vers ce caducée de l'entendement,
Où se légifère, sinon l'autorité, le pouvoir dans ses rayonnements les plus signifiants et en aucun cas allusifs,
Le Verbe, en son préau majeur, coordonnant le respire de chaque force, de son infinie constante ne s'entravant.

Ni ne s'enchaînant dans des opiacées, dont les narrations ne sont que merveilles et mystères pour les incongruités,
Les désinences sans générations, se lovant dans l'isolement et ses faibles cristallisations, aux cris délétères.
La présence en la réalité s'ordonnant et s'accomplissant dans des odes aux arcanes sans inflexions.

Sinon celles à la pure divinité, dont l'éloquence franchit toutes portes, semblant cloîtrée pour l'indécis,
Ouvertes pour celles et ceux qui réfléchissent et appréhendent sa luminosité impériale par les voûtes sacrées,
Par les nombres infinis cheminant les contraintes et les théurgies de la magnificence, pour consacrer l'authenticité.

Dans une conformité aux somptuosités ne s'égarant dans les factieuses déconvenues, les menstrues des abîmes,
Les pentes abruptes et leurs sérails de déconvenues, leurs noctambules inversions, qui se noient dans la désintégration,
Toutes ces formes ataviques, dont les signifiés ont le secret, qui n'apparaît au signifiant qui marche d'un pas égal.

Vers la splendeur et son apogée, par les mille et mille lacs de la jouvence et de la fertilité, par les dômes immaculés,
Par ces routes d'ombres en semis à déflorer de leurs invectives et de leurs injures grossières et sans lendemain,
Qui ne peuvent que ternir l'ascension des ramures impérieuses des cités aux portuaires dimensions initiées.

Où s'inscrivent les noms de la densité et de la générosité, dans un salut victorieux et propice portant leur cœur à l'intimité,
La plus totale, la plus convenante, la plus salubre, la plus humble comme la plus désintéressée, la plus joyeuse,
Efforçant les temporalités à la sagacité, non plus d'une songeuse errance, mais à une démarche magistrale.

Menant du limon aux arcades illuminées de dômes scintillants, aux ébauches immortelles à créer et raffiner,
Par-delà les notions abstraites des successions passionnées et superficielles, dont les enjeux sont de la matière brute,
Les effluents les plus ténébreux comme les scories les plus nocturnes, plaintes à mi-genoux des visions en sommeil.

De ces regards livrés à la bassesse et ses horizons, aux torpeurs, sans le moindre intérêt pour la filiation de la Vie,
Cette Vie rejetant leurs plumitives désolations dans les marais dont elles n'auraient jamais dû sortir ni s'élever,
Car dans l'incapacité matricielle de créer quoi que ce soit pour qui que ce soit, sans aucun but sinon celui du retour dans l'informel.

Devise des importunes langueurs aux griffes acérées, combattues et toujours destituées par les priorités,
Celles naturelles et intellectuelles, celles spirituelles et unitaires qui, dans leur symbiose, sont de la nature les fléaux de la disgrâce,
De l'impermanence, de la vacuité, et de leurs forges sans lendemain, excitant la flamme de la discorde fraternelle.

Dissociations ténues aux participations infidèles menant vers les abysses et leurs regains de médiocres levains,
Se voyant dans la pureté défaites de leurs complaintes, menées à l'agonie, afin d'en abstraire les esclaves châtiments,
Et les réverbérer à la fosse commune de l'inutilité, où baillent en sourdine les pitreries lamentables des dissonances.

Toutes fresques des histoires connues et inconnues, dont les éventails s'épuisent devant les soleils immémoriaux,
Martelant à l'unisson les soifs de l'avenir pour en précipiter la réalité par les formes engendrées et leurs cœurs palpitants,
Dans leurs essences portant la foi et son incarnation, portant la voix et son éclat princier, portant la joie et ses degrés.

Où la liberté ne s'estompe, car créatrice, majeur opérande des civilisations en semis se pressant dans la réalisation,
Assignant aux heures les fluides persévérances permettant la genèse de l'orientation divine et son accession,
Par les souffles induits à sa préhension, à son parachèvement, sa résonance et sa plénitude concertée.

Vives arborescences aux enlacements magnifiés, dont les vertus sont les destinées précises des œuvres en états,
Ici, là, dans ces brouhahas nocturnes aux récitals imparfaits n'attendant que la note claire et magistrale,
Pour se hisser hors des fardeaux, des leviers sans finalités, vers ce tremplin où l'azur construit tout domaine.

Celui de l'aristocrate concrétisation de toutes forces dans le mobile, non d'une apparition, mais d'un sacerdoce,
Menant vers la construction intangible du Temple souverain, dédié à la prononciation du vœu de toute transhumance,
Dans des ensembles parfaits, où les scintillements sont appropriations des iridescentes majestés dévoilées.

Magistères de la florale destination des ambres et des schistes, se débarrassant des grains de sables poudrés,
Des graviers et des pierreries, pour s'offrir dans la nue à la célérité de l'histoire associée qui est démiurgie,
Salvatrice donnée de la perception, puis de la formalisation, et enfin de la création de toutes forces par les immensités.

Dans un dessein parfait de putatifs enseignements, adaptés et sériés, ne se lassant aux différentes fonctions gravitées,
Construites, pour annoncer les expérimentations des latitudes à toutes possibilités comme à toute maturité éclose,
Où ne se tait l'immortelle incandescence des énergies statuaires, où ne se désamorce en aucun cas leurs élégances.

Afin de parfaire les roseraies adaptées aux épanchements significatifs, permettant à tout un chacun d'affluer,
Au-delà des rives endormies, des rêves éveillés, et des passementeries songeuses aux broderies de contes ensevelis,
À cette force inaltérable, où se manifestent toutes les viduités accomplies, en marche vers l'épanouissement.

Aux cils prononcés par toutes faces en voie d'envergure, par les sillons les plus éthérés de l'œuvre enfantée et sereine,
Hâlant de ses principes les vagues aux émergences nacrées, s'alimentant de la plénitude et de ses secrets tourbillons,
Où s'en viennent, dans les effusions du printemps, les novices et leurs échansons pour graviter les flores énamourées.

Par les nefs en attentes des prouesses, aux ramages pluvieux et tendres, que les sourires conjuguent dans les cieux,
Lavant les terres en états des rugueuses imperfections de domaines flétris par leurs expressions,
Pour les faire revenir à la sapience de la cristallisation ne se laissant enchevêtrer dans d'aphones indistinctions.

L'atour des éveils ne se permettant de se perdre à nouveau dans les suffixes des présents invités des antiques demeures,
Dans ces sas sans répons, dont les ouvrages sont ébauches et lagunaires dissipations des esprits oublieux et ternes,
Aux gravures immobiles, aux estampes de chatoiements divers que les limbes emportent dans leurs rus sauvages.

Laissant à la trame de l'histoire les seuls festifs grisements de leurs promesses, ce jour dans la réalité,
Tirant de leur logique les devoirs à essaimer, les définitions à engendrer, afin de ne se perdre à nouveau,
Dans ces firmaments où se dissolvent les plus nobles pensées comme les plus beaux discours, dans des évanescences triviales.

Le jeu de l'harmonie ne pouvant se suffire d'a priori, qui n'est qu'imperceptible convenance de raison oublieuse,
Dissociée et immortalisée par des randonnées sans but, sans contraste, sinon celui du statisme considéré,
Le broyant dans les flous les plus vifs et les plus oiseux, où se tressent des sujétions impassibles naissant les dormitions.

Les phrases en suspens, les rétives ires des plantureuses conceptions s'échouant sur des sables mordorés,
Se dissolvant dans des calcaires granités, où se lisent des incarnats qui furent, et d'autres, fort heureusement,
Qui reviendront de leurs soupirs et de leurs convictions, de leurs errements comme de leurs latitudes fracassées.

Le Chant, toujours s'avançant, promptement, pour dépasser les carcans de la séparation et de ses fenaisons,
La moisson ne s'attendant mais se prenant dans une fougue insatiable ne pouvant être attraite dans le déni,
Dans ces fourches caudines où cesse toute existence pour le plaisir de la vacuité et de ses éléments atrophiés.

Le respire en son effort ne paraissant, mais étant par toutes formes comme toutes densités, par toutes formalisations,
Se hissant vers les nefs de la splendeur dans ses décors mais aussi dans ses magnificences qui ne peuvent égarer,
Car, de l'incarnation, les fidèles motricités ne se perdant dans les désirs les plus surannés et les plus désignés.

Dévoués à la plainte et ses successions bruyantes où s'épanchent les pleurs irrationnels de la Vie multipliée,
Qui ne peut se témoigner dans sa dislocation, mais toujours dans son apothéose, par une motivation réfléchie,
Impassible et téméraire, s'adjoignant à la désinence de la portée de la Lumière et de ses énergies les plus intimes.

Magistère de l'aventure du vivant dans ses écrins, scintillant, non une approbation, mais une détermination,
Ne se laissant attraire par les pluralités indistinctes, les mensonges et les fausses désignations temporelles,
Délaissant l'involution et ses spectres pour l'évolution, où le divin s'efforce de rencontrer les forces de sa création.

Et où sa Création tente de s'accorder à son iridescence, par le jeu des nécessités, immanente et transcendante,
Dont l'horizon toujours s'éclôt dans la plénitude du parchemin déployé du vivant en son élévation la plus couronnée,
Là, où se tient le lys de la parturition des ondes et de leurs déploiements, par les immensités les plus singulières.

Là, où s'étanchent le firmament et ses promesses, là où l'alizé ne s'inquiète et franchit sans prosternation,
Et les frontières avides, et les caducées sans importance, pour porter sur le levant des étoiles les blondeurs affirmées,
De la consécration et de ses vertiges inoubliés, de ses analogies portuaires et dimensionnelles les plus assorties.

Dans ce merveilleux qui confine à la parure de l'astre, à son énergie splendide, dont la vêture est de gloire,
Pour la victoire témoignée des êtres en son parcours, des êtres en son exaltation ayant pour toute devise l'Éternité,
Ses symboles et ses enfantements, par les cantilènes comme les hymnes, aux antiennes comme aux prières assumées.

Instance des âges et des espaces, où les demeures se permettent toute gravitation vers les perfections sublimes,
Où ne s'abritent les raisons derrière de nuageuses contritions, mais bien au contraire ardent leurs épanchements,
Pour construire et bâtir encore, toujours s'avancer jusqu'à la prospérité des ordonnances impétueuses et conscrites.

De ce souffle dont chacun est témoignage, de cette force dont tous sont racine, de cette écume d'or frontale,
Dont les rayonnements condensés émargent aux citadelles les flots de la pure consonance précisant toute viduité,
Orientant les décisions convenues et appliquées, permettant le fruit de la reconnaissance impériale en majesté.

Où se couronnent transcendance et immanence, dans une allégresse votive et créatrice, féerie de la novation,
Larguant les amarres des enchaînements pour se perpétuer dans les espaces aux vertiges conséquents,
Les uns en voie de parturition, les autres dans les semis de la beauté et de ses affluents aux moiteurs cristallines.

Tous s'unissant dans des ramifications, dont les fractales s'attirent les unes les autres, pour advenir l'exultation,
Non plus seulement du serment d'une formalisation, mais cerner celle-ci dans ses appréciations, ses coordonnées,
Ses devises et ses élancements aux provocations menant à l'instauration vivante générée et magnifiée.

Par tous semis des lacs d'étoiles embrasées, par ces sentes des galaxies enfantées et prononcées, par ces feux radieux,
Dont les motivations ne se comprennent qu'à la clarté de l'extension de la Vie par toute réalité indivise,
Par les chemins les plus sombres comme les plus lumineux, toujours dans l'alacrité d'une prononciation érudite.

Ainsi le Temple, dans sa perception et sa perfection, auguste, dans ses principes irradiant son chœur floral,
D'un éclat qui n'est mesure de l'ombre, car sans ombre ni nocturne désinence au regard vertus de ses épanchements,
Dont la gravité fulgure les instants comme les immensités, pour en concaténer les efflorescences magnifiques.

Aux mystères étanchés de gravures, aux sortilèges immédiats dépassés par les féeries et les assujettissements glorieux,
Car devançant les simples imaginations pour fortifier ses racines dans des écumes se déversant continûment,
Au-delà des abstractions et de leurs oraisons ataviques, fortifiées et faillies, que le chant contemple.

Destituées devant le sort conjoint qui ne se presse, ne se lie, ne se renie, jamais ne se perd malgré les orées,
Les caducs déploiements et leurs vestales correspondances, aux oniriques et graduels apitoiements,
Ne desservant que leurs nuisances, aux intrépides afflux, se lassant de leurs exsangues et inopportunes délivrances.

Le seuil ne se contentant de disparaître dans les ferments de l'intarissable nocivité de leurs préambules et de leurs choix,
De ces avens dont les failles sursoient le réel au profit des noctambules errements et de leurs dévoiements,
La Nature ne se couronnant dans des participations hâtives et éphémères, mais se concentrant sur son ascension.

Vers les faîtes ouvragés où se tiennent Sages, Mages et Guerriers pour accentuer la prouesse de l'aube et de son zénith,
Par les éclairs comme les tempêtes, toujours debout pour faire face à toutes les imprévisibilités et leurs fresques,
Et manifester les degrés nécessaires à leur franchissement, dans une continuité ne se lassant de leur parcours.

La Vie pour oriflamme scintillante toujours naviguant de sentiers étroits en Océans providentiels,
Vers ces terres isolées où s'éveillent le firmament et ses ardeurs clairvoyantes, dont les bruissements sont parfums,
Effluves des genèses acclimatées, se dirigeant vers la quintessence et sa noblesse, son aristocrate harmonie contemplée.

Agit et secrétée par la densité ne se corrompant, par la préciosité ne se narrant, par l'humilité ne se congratulant,
Toutes faces ordonnées ne se brisant dans les labyrinthes décharnés des vacuités informelles ou belliqueuses,
Mais se parant dans l'immensité de la volition souveraine, déterminant toute concrétisation majeure et épanouie.

Dans une allégorie majestueuse, aux prononciations merveilleuses, ne se perdant dans le néant, le vide et ses rives,
Le firmament contant, sans atermoiements, sa félicité par les ramures des existences, par toutes voies contées,
Par tout espace réalisé, par toute temporalité reconnue, par-delà les virtuelles confusions des œuvres.

Ainsi, dans les fractales avancées se concertant dans une mutuelle ordonnance, où apparaît le vivant en conscience,
Hâlant des vertigineuses constellations la sacralité lui permettant de s'associer par transcendance à la composition ultime,
Dessinant et destinant ses vêtures officiées pour conquérir dans l'éblouissement de sa Nature toute révélation de l'Absolu lui-même.

Table

FRACTALES

Vincent Thierry
France, Royan
Le 27/03/2020

Œuvres de Vincent Thierry
Catalogue

Fractales

GÉNÉSIAQUE
Le journal d'un Aventurier

PRAIRIAL
Le Chant du Poète
De Jeunesse
Les Continents oubliés
Vents du présent

ÉCRITS DU VENT
Écrins
De Marche Humaine
L'Indivisible
Military Story and new world

HÉROÏQUES
Mutation Terrestre
Lettres à l'Amour
Les Cantiques
D'Olympe le Chant d'Or

NATURAE
Fresques d'Amour
Le Verger d'Amour
L'Interdit
Mélodie d'Amour

FENAISONS
Améthystes
Océaniques
À la recherche de l'Absolu
Voyages

HORIZONS
Ivoire
D'Histoires nouvelles
D'Orbes
Stances

SOLSTICE
Idées
Âme Française
Expressions
Solstice

D'UNIVERS
D'Iris
Démiurgique
D'Azur
Flamboyant

REGARDS
D'un Ode Vif
D'une Gerbe de Soleil
Du Songe
Du Savoir sans Oubli
Que l'Onde en son Respire
Que l'Or Solaire
Qu'azur le Cristal
Du Souffle Vivant
De l'Harmonie

ISTAÏL
Cygne Étincelant
Âme de plus pure Joie
D'un Âge d'Or Renouveau
Par le Ciel Symbolique
De l'Être Universel
Règne d'Or Liquide
De toute Luminosité

Fractales

TEMPOREL
Les Sortilèges de l'Enfance

ALPHA
De l'Azur Souverain
Ivoire de l'Éden
L'Orbe Cristallin
De l'Aigle Impérial

OMÉGA
Dans la Demeure des Dieux
Le Chant du Cygne
D'Oriflamme Souverain
Le Chœur Magnifié

FRESQUES
D'or et de Pourpre
Dans la Luminosité du Verbe
L'Azur du Cristal
Qu'Enamoure l'Éternité

COSMOS
Cosmographies
Delta du Cygne
La Légende de l'Espace
Infinitude

ÉTOILES
Thélème ou l'ambre de Vie
Véga 3000
Architectura
Naturae

ARRIOR
Sous le Vent de poussière
Des Catacombes
Debout au milieu des ruines
L'Aigle Impérial regarde

RESCRITS
Aux Protocoles
À Thanatos
Aux Droits
À l'Histoire

CONSCIENCE
Contemplations
Orientations
Actions
Le Diamant Foudre

CRISTALLOÏDES
Essors
Cristal
Empire
In memoriam

ABSOLU
Théorie Générale de l'Universalité

NIDS
Nid de faucons
Nid de vautours
Nid de scorpions
Nid d'Aigles

COMBATS
Ordre Mondial contre nouvel ordre mondial
La Voie Templière
Contraction Temporelle
Ondine

Lanzarote Élégies
De Corse les Chants
Nouvelles de l'horizon
Nefs sur l'Océan
L'Ordre ou le Chaos
Harmonie contre Barbarie
Jeunesse lève-toi !
Métamorphose
Roseraie de lumière
Constellations
Semeur d'étoiles
Pléiades
Aux confins des Univers
Fractales

POLITIS
Politis I
Politis II
Politis II
Politis IV
Politis V
Politis VI
Politis VII
Politis VIII
Politis IX
Politis X

Fractales

EXPOSITION

Prélude
Exposition I
Exposition II
Exposition III
Exposition IV
Exposition V

MULTIMÉDIA

UNIVERS
(Shows artistiques informatiques – CD/DVD)

1992-2018 : Univers I à XXXIII
2007 : Univers Film IDDN.FR.010.0109063.000.R.P.2007.035.40100

ÎLES
(Films CD-DVD)
Est Ouest
Atlantis
Fragments
Rêve Corse

MUSIQUE
(CD-DVD)
Émotion
Mystica

COMPILATION

ŒUVRES 2008
(CD)
Œuvres Poétiques
Œuvres Romanesques, Nouvelles
Œuvres Élégiaque, Chants
Œuvres Théâtrale
Œuvres de Science-fiction
Œuvres Philosophiques, pamphlets
Œuvres Métapolitique
Œuvres Complètes

PROFESSIONNEL
(Base de données DVD)
Assurance Dommages

SITE INTERNET

http://harmonia-universum.com

Éditeur Patinet Thierri
http://harmonia-universum.com

Impression
http://www.lulu.com

http://www.lulu.com

www.ingramcontent.com/pod-product-compliance
Lightning Source LLC
Chambersburg PA
CBHW071143100726
47908CB00002B/242